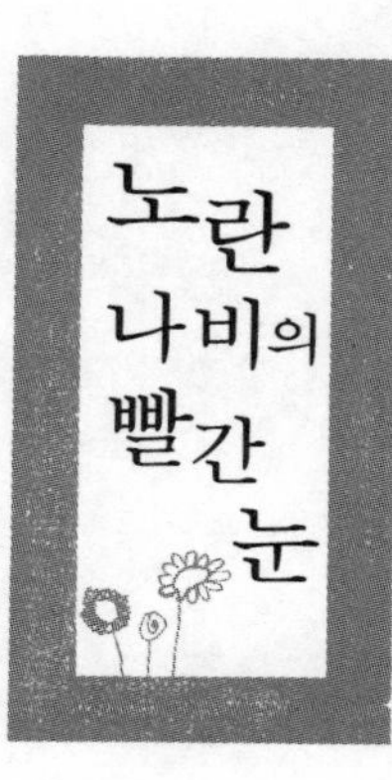
노란
나비의
빨간
눈

유순하

청소년 현대문학선 037

노란 나비의 빨간 눈

문이당

•••

나는 왜, 이 작품들을 골랐는가

역사는 과거와 현재의 대화다.

— E. H. 카

예술로서의 소설을 읽는 첫째 목적은 재미다.

정색을 하고 책상 앞에 바른 자세로 앉지 않아도 좋다. 방바닥에 벌렁 드러누워서든, 소파에 삐딱하게 앉아서든, 또는 공원 벤치에 앉아 콧구멍을 파면서든, 심심풀이 땅콩이나 오징어포를 지근지근 씹듯 소설을 읽으면 된다. 그런데 그렇게 읽는 동안 재미 외에 다른 것을 얻을 수 있다면 그야말로 돌팔매 하나로 새 두 마리를 한꺼번에 잡는(一石二鳥) 격이 되겠다.

그래서 궁리 끝에 우리 역사와 관련된 소재를 글감 삼은 것들을 골라 보기로 했다. 이 작품들은 읽는 동안 우리 역사에 대해 조금씩 생각해 보게 되는 것도 나쁠 거 없다는 마음에서다. 지난 역사에 대한 관심은 곧 미래에 대한 관심의 적극적 실천이다. 우리 마음이 역사의식을 갖는 것, 그것은 우리 몸에 튼튼한 이두박근을 키우는 것과 같다. 역사의식은 우리의 사고를 더 풍부하게 하고 미래를 보는 우리 눈을 더 밝게 한다. 역사의식 없는 인생은 팥소 없는 찐빵이나 해도(海圖) 없는 항해와 같다. 역사의식은 줏대이고 지조이고 자부심이다.

「생명」은 북한의 나라꽃인 진달래를 그렸다는 혐의로 누구인지도 모르는 사람들에 의해 어디인지도 모르는 곳으로 끌려가 고문을 받은 끝에 모든 것을 잃고 아주 망가진 생애를 살아가는 화가 부부 이야기이다. 우리 현대사의 암흑기인 1980년대는 그런 시대였다. 봄을 기다리는 아이의 마음에 빗대 그런 시대에 대해 은유적으로 조금 이야기해 보려 한 것이 「노란 나비의 빨간 눈」인데, 그래 봐야 대수로울 것도 없는 이런 소설을 썼다 하여 나는 또 어느 곳에 불려 가야 했다. 그게 그다지 멀지도 않은 우리의 과거, 1980년대였다.

「출구」는 한미 합작 회사에서 일하는 한국인의 갈등에 대한 소설인데, 이 소설이 '반미', 그런 것으로 읽히지 않기 바란다. 약자는 언제나 당할 수밖에 없다. 당하지 않기 위해서는 강해져야 한다. 외국 군대, 외국 자본, 외국 문화가 판을 치는 것은 그 나라가 약하기 때문이다. 그게 싫으면 밤을 지새워 가며 칼을 갈아, 벼려, 강해져야 한다. 선린(善隣)이니 우방(友邦)이니 하는 것은 없다. 오로지 강약의 질서가 있을 뿐이다. 반미나 반일 따위를 외칠 이유도, 필요도 없다. 말짱

헛짓이다. 그럴 시간이 있으면 어떻게든 힘을 키워 그들보다 강해져야 한다. 그러면 된다.

유맹(流氓)에 대해 들어본 적이 있는가? '민족'에 대해 고민해 본 적이 있는가? 「아리랑」은 유맹으로서 '민족'에 대해 고민하는 재일 동포들에 대한 이야기다. 그들이 유맹이 될 수밖에 없었던 역사에 대한 인식이 없으면 같은 역사는 되풀이될 수밖에 없다.

김춘추는 '외교의 천재'이고 '삼국 통일의 초석을 놓은 위대한 왕'이다. 우리 역사는 그렇게 가르친다. 우리 역사에는 소정방은 있어도 소열은 없다. 당나라 장수 소열의 맨이름을 그대로 부르지 못할 만큼 우리 역사는 사대적이다. 김춘추는 이 땅에 처음으로 외국 군대를 끌어들여 동족을 살육했고, 그것은 곧 오늘날 영호남 갈등의 원인이 되었다. 그리고 그는 무엇보다도 당의 꼭두각시였다. 나의 이런 소견을 소설로 써 본 것이 「잡초 우거지듯」이다. 그냥 한번 생각해 보기 바란다. 그런 역사에 대하여, 조금쯤 심각해 봐도 상관없을 것 같다.

흔히들 이야기하는 대로 10대의 감수성은 실로 찬란하다. 나 자신이 쓴 소설들의 내용은 물론 아예 제목마저 잊어 먹기 일쑤인데, 내가 10대에 읽은 소설에 대한 기억은 대목대목, 장면장면이 아직도 선명하다. 그래서 나는 10대의 독서가 평생의 자양이 된다고 믿는다. 찬란한 감수성을 헛되이 굳혀 버리지 말기를, 그래서 아주 즐겁게 당신 자신의 생애를 살아가게 되기를 간절히 바란다.

2007년 9월

유순희

iorana@hanmail.net

차례 노란 나비의 빨간 눈

생명

무슨 사념에 잠겨 있었던가.

나는 문득 베란다 쪽으로 눈길을 돌린다. 비둘기들의 푸드덕거림은 벌써 한창이다. 나는 왼쪽 가장자리를 창틀에 맞댄 책상 앞 의자에 앉아 있는 자세 그대로, 창문 쪽으로 몸을 기웃이 내밀어 시야를 조금씩 조심스럽게 펼쳐 나간다. 미루어 헤아리던 그대로, 남편은 베란다 청소할 때 쓰는 빗자루를 거꾸로 들고 도둑 비둘기를 쫓고 있다. 도둑 비둘기는 남편이 쫓으면 이쪽 창턱에서 저쪽 창턱으로 푸드덕 날아가 앉는다. 남편은 또 저쪽 창턱으로 쫓아가 빗자루를 휘두른다. 도둑 비둘기는 그래도 도망칠 생각을 하지 않은 채 또 푸드덕 날아 저쪽 창턱으로 날아가 사뿐 앉는다. 그 바람에 한라, 설악, 금강, 묘향, 지리 등, 우리 집에서 태어난 비둘기들까지 놀라 이리저리 날아 대 베란다는 비둘기들이 푸드덕거리는 소리로 온통 요란스럽다. 날씨 맑은 여름 한낮의 햇살 밝은 베란다에 비둘기 깃털이 흩날린다.

남편은 이제 화가 나기라도 한 것처럼 험상궂은 눈빛이 되어 마구 이쪽저쪽을 쫓아다니며 도둑 비둘기를 향해 빗자루를 휘둘러댄다. 도둑 비둘기는 마침내 어쩔 수 없다는 듯 창턱을 떠나 햇살이 빛나고 있는 허공으로 기운차게 날아올라 흐르듯 부드럽게 한 바퀴 크게 선회하며 나의 시야를 벗어난다. 한라가, 조금 뒤에는 다른 비둘기들까지 그 뒤를 따른다. 남편은 뺑한 낯빛이 되어 비둘기들이 사라진 쪽을 바라보고 있다. 다른 비둘기들, 심지어는 한라까지 그렇게 도둑 비둘기를 따라가 버린 것을 노여워하고 있는 것 같아 보이기도 한다.

나는 잠자코 윗몸을 바로 하여 남편을 시야 밖으로 밀어낸다. 갑작스러운 고요. 남편에 대한 안쓰러움이 가슴에 고이기 시작한다. 남편을 그렇게 만든 그들에 대한 분노도. 코끝에 더운 김이 감돈다. 나는 멀건 눈길로 책상 앞 벽에 붙어 있는 달력을 본다. 이제 아장걸음을 걷는 아기가 노란 장다리꽃 위에 앉아 있는 호랑나비를 향해 조심스레 손을 가져가고 있는 순간을 잡은 사진이 아주 화사하다. 오늘이 며칠이던가. 나는 그 생각이나 해 보려 한다. 어느덧 방학이 끝나 가고 있다. 우리말과 우리글을 바르고 넉넉하게 쓸 수 있는 능력이 아니라 대학 입학시험에서 좋은 점수를 얻는 기술을 가르쳐 주지 않으면 안 되는 아이들이 두렵다. 나는 손끝을 다시 놀려 낙서를 계속한다. 내 연필 끝에서 흘러나오는 그 언어들이 시가 되었으면. 아, 시가 될 수 있었으면. 부질없다 생각되는 그런 생각들을 너풀너풀 되풀이하며.

추운 계절이 아니면 밤에마저, 언제나 일부러 열어 두는 방문에 남편이 나타난다. 요즘 들어 산 나들이가 부쩍 잦아진 남편은 또 산에라도 갈 듯한 차림이다.

"같이 갈래?"

남편이 묻는다.

낮은, 언제나처럼 깊이 잦아드는 듯한, 그때마다 나로 하여금 애잔한 비애를 느끼게 하는 목소리다. 나는 물론 일부러, 깜짝 반기는 눈빛부터 지어 보인 다음, 잠자코 일어나 입고 있던 원피스를 벗는다. 남편은 빛깔 없는 눈길로 팬티뿐인 내 맨몸을 바라본다. 여자의 맨몸이 아니라 마치 허공의 바람을 바라보고 있는 듯한 눈길이다. 나는 옷걸이에서 바지와 티셔츠를 벗겨 입는다. 남편은 무슨 생각에 잠겨 있는 것일까. 내가 양말을 찾아 신을 때까지 내내 그런 눈길로 나를 바라보고 있기만 한다.

5층 아파트의 4층에 사는 우리는 계단을 밟고 아래로 내려가 맨 아래층 뒷문을 통해 건물 밖으로 나간다. 후끈한 열기. 햇살이 쨍쨍하다. 나는 양산을 펼쳐 들고 남편 쪽으로 다가간다. 남편은 곧 양산 그늘 밖으로 나간다. 나는 잠자코 남편 뒤를 따른다. 왼쪽 다리를 조금 절름거리며 걷던 남편의 눈길이 오른쪽으로 쏠린다. 나는 남편의 눈길을 따라가 본다. 비둘기 세 마리가 그래 봐야 아무

것도 없을 듯싶은 아스팔트를 열심히 쪼고 있다. 두 마리는 잿빛이고 한 마리는 흰빛이다. 남편은 조심스럽게 발걸음을 멈추고 흰빛 비둘기를 찬찬히 살피는 눈길이 된다. 나는 이제 남편이 할 말을 알고 있다.

"저게 백두가 아닐까?"

남편은 역시 그렇게 묻는다.

나는 아니라고 대답하지는 않는다.

"백두는 저놈보다 조금 더 통통할 듯한데."

"아냐. 그동안 얻어먹지 못해서 수척해졌을지도 모르잖아."

남편은 그렇게 말하고는 휘파람 신호를 보내 보며 비둘기들 쪽으로 살금살금 다가간다. 비둘기들은 포르륵 날아올라 허공을 한 바퀴 선회하면서 멀리 사라져 버린다.

"역시 아니었군."

남편은 실망한 낯빛이 된다.

"백두라면 도망칠 리가 없거든."

나는 아무 말도 하지 않는다.

남편은 왼쪽 다리를 조금 절름거리는 걸음으로 다시 걷기 시작한다. 나는 역시 잠자코 그 뒤를 따른다.

남편을 끌고 가 아예 병신으로 만들어 놓은 그들이 누구인가, 우리는 모른다. 누구인지도 모르는 사람들이 어디인지도 모르는 곳으로 끌고 가면 끌려갈 수밖에 없던 그런 시대였다. 결국은 「한라산의 사계」라는 그림 때문이었다. 첫 번째 개인 전시회에 내건 마흔 점 가운데 하나인 그 그림은 일종의 연작으로 모두 네 폭이었는데, 문제가 된 것은 첫 번째인 「봄」과 네 번째인 「겨울」이었다. 「봄」은 철쭉이 한라산을 온통 뒤덮고 있는 그림이었다. 그랬다. 나는 안다. 꽃 이파리마다 철쭉이라는 이름표를 달아 놓지는 않았지만 그 꽃은 분명히, 남편과 내가 그 전해 봄에 신혼여행 가서 함께 보고 그 선연한 화사함을 찬탄했던 바로 그 철쭉이었다. 남편은 철쭉이 핀 그 산이 좋다며 그 뒤 철마다 제주에 가서 그 산의 모습을 자신의 화폭에 담았다. 그런데 그들은 그 꽃을 '분명한 진달래'라고 했다.

남편은 그들이 왜 굳이 '진달래'라고 우겨 대는가 알지도 못한 채, '그건 분명한 철쭉'이라는 말을 되풀이했다. 남편이 그들의 뜻을 알아차리게 된 것은 한동안이나 지난 뒤였는데, 그때도 남편은 '철쭉은 철쭉'이라고 대답할 수밖에 없었다. 「겨울」은 눈 덮인 한라산에 '봄을 기다리는 마음'을 담은 거였다. 용케도 그걸 읽어 낸 그들은 '봄을 왜 기다리는가?' 하고 물었다. 남편은 '봄이 되면 다시 활짝 필 철쭉에 대한 벅찬 기대 때문'이라고 대답했다. 그 대답에서도 철쭉은 문제가 되었다. 그들은 남편이 '기다리는 것은 철쭉이 아니라 진달래'라고 우겨댔다.

남편은 열아흐레 만에 생판 딴사람 같은 모습으로 집에 돌아왔다. 왼쪽 다리를 절고 있었고, 무엇보다도 눈빛이 이상스러웠다. 아내인 나를 잘 알아보지 못했다. 남편이 정상이라 할 수 있는 그런 상태로 돌아와 그 열아흐레 동안의 이야기를 대강이나마 하게 된 것은 여러 해가 지난 다음이었는데, 그때도 왼쪽 다리는 그대로 절었고, 눈동자에는 지난날과 같은 광채도 예기도 없었다. 그저 순해 빠지기만 한 눈빛이었다. 그리고 남편은 몸이 싸늘하게 식어 내린 채 좀처럼 더워질 줄을 몰랐다.

남편은 열아흐레, 그 뒤부터 그림을 그리지 못했다. 그사이에 8년이라는 결코 가볍지 않은 세월이 흘러갔는데도 남편은 여전히 그림을 그리지 못하고 있다. 남편은 그래도 서둘지도, 초조해하지도 않았다. 적어도 겉으로 보기에는 그랬다. 자주 풀어진 눈길로 허공을 바라보고 있었고, 그러다가는 또 이젤 앞에 다가가 보곤 한다.

남편이 제법 골똘하다 싶은 눈길로 무엇인가를 바라보기 시작한 것은 언제부터였던가. 나는 잘 알지 못한다. 남편은 자신이 골똘하게 바라보는 그것이 무엇인가를 설명하지 않았다. 나는 그러나 얼마간의 시간이 흐르고 난 뒤에 남편이 바라보는 그것이 무엇인가를 알아차렸다.

내가 알아차린 것이 그것만은 아니었다. 남편이 바라보는 그것은 허망한 것이었다. 나는 그래도 남편에게 그것은 허망한 것이라는 것을 일깨워 주지 못했다. 그건 너무 잔인한 짓 같았다. 나는 하다못해 남편의 그 눈길을 다른 곳으로 돌려 보려고도 하지 못했다. 그것도 역시 잔인하기는 마찬가지 같았다.

남편이 느닷없이 한쪽은 50센티미터쯤, 다른 한쪽은 70센티미터쯤이나 되는 플라스틱 상자 몇 개를 사 가지고 와서 베란다에 나란히 늘어놓은 것은 지난봄이 막 시작되면서였다. 남편은 아무런 설명도 없이 배낭을 짊어지고 산에 가서 흙을 퍼 담아 와서 플라스틱 상자를 채우고 거기에 씨를 뿌렸다. 며칠 뒤 싹이 돋아 올라왔다. 그날 내가 학교에서 돌아오자 남편은 기다리고 있었던 것처럼 나를 베란다로 데리고 나가 새싹들을 보여 주었다.

"이건 상추고 저건 쑥갓이야."

남편은 좀 들뜬 목소리였다. 그때 남편의 눈빛이 반짝거린다고, 나는 느꼈다. 실로 여러 해 만이었다. 나는 가슴이 달아올랐다. 남편은 새싹들을 키우는 데 온갖 공을 다 들였다. 새싹들은 하루하루가 새로웠고, 더불어 남편의 생활도 하루하루가 새로운 것이 되었다.

상추와 쑥갓이 제법 자라났을 때였다. 비둘기 부부가 남편의 플라스틱 농장 한 귀퉁이에 자잘한 마른 나뭇가지를 물어 와 둥지를 틀기 시작했다. 남편은 상추와 쑥갓이 상하는 것을 몹시 싫어하면서도 비둘기들을 쫓거나 하지는 않았다.

"저놈들이 여기에 둥지를 틀기로 하기까지 얼마나 고심했겠어."

그렇게 말하기나 했을 뿐.

둥지를 틀고 난 뒤 사흘째였다. 비둘기들은 첫 알을 낳았다. 두 번째 알은 바로 그다음 날이었다. 비둘기들은 곧 알을 품기 시작했다. 남편은 비둘기들에게 바싹 관심을 갖게 되었다. 비둘기 부부가 보여 준 가지런한 질서. 남편은 아예 감동한 듯했다.

비둘기들은 서로 번갈아 알을 품었는데 남편의 관찰에 따른다면 그 시간은 거의 일정했다. 오전 11시와 오후 4시 반. 오차 범위는 5분 안팎. 남편은 여러 가지 징후로 봐서 낮에 품는 흰 것이 수컷, 밤에 품는 잿빛이 암컷이라는 결론을 내렸다.

남편은 비둘기 부부를 몹시 사랑하여 마침내는 이름을 붙여 주기까지 했다. 흰 것은 백두, 윤기 나는 잿빛에 목털이 색색으로 고운 것은 한라였다. 내가 학교에서 돌아오기만 하면 남편은 백두와 한라와 상추와 쑥갓의 하루를 이야기했다. 아이 키우는 어미는 거짓말을 하루에 열두 번도 더 한다던가. 남편이 그런 꼴이었다. 나는 물론 남편의 과장을 탓하거나 하지 않았다. 오히려 황공해해야만 할 형편이었다. 이야기할 거리가 거의 없던 우리는 한라와 백두와 상추와 쑥갓들 바람에 저녁 시간이면 제법 긴 이야기를 나누게끔 되었다.

첫 알을 낳은 지 열이레 만에 백두와 한라는 첫 새끼를 깠다. 두 번째 새끼는 그다음 날 알을 깨고 나왔다. 비둘기 새끼들은 하루가 다르게 자라났다. 남편의 표현대로라면 몸피가 나날이 두 곱절씩으로 불어나는 듯했다. 내가 보기에도 그랬다. 그토록 빠른 성장이라는 게 잘 이해되지 않았다.

비둘기 새끼들은 남편의 하루하루를 새롭게 하는 또 하나의 활력소가 되었다. 남편은 채소와 비둘기 새끼들이 자라는 모습을 살피느라 여념이 없다 할 정도였다. 골몰한다는 표현이 있다. 남편은 그대로였다. 비둘기들과 채소들을 키우기에 아주 골몰했다.

남편은 비둘기들에 대한 연구를 하여 비둘기들이 좋아하는 수수, 조, 옥수수, 보리 등을 사다가 섞어 주었고, 비둘기들이 목욕을 좋아한다는 것을 알고는 당장 플라스틱으로 만든 목욕통을 사다 놓고 물도 날마다 갈아 주었으며, 모처럼 만에 카메라를 꺼내 비둘기 새끼들이 자라나는 모습을 필름에 담기도 했다.

그뿐만이 아니었다.

비둘기들과 공유하는 언어를 개발해 내겠다고 내내 매달려, 휘파람이며, 비둘기 소리 흉내 내기며, 손짓이며, 자신이 해 볼 수 있는 모든 방법을 다 시험하던 끝에 마침내는 휘파람과 비둘기들의 구구거리는 소리를 섞어 '애들아, 모이 먹어라'라는 소리 정도는 통하게 되었다. 그건 내가 보기에는 언어 체계에 의한 의사의 전달이라기보다는 '모이를 주는 사람'에 대한 비둘기들의 본능적 인지 같았다.

그러나 나는 물론 남편의 단정에 이론을 제기하거나 하지는 않았다. 남편은 마침내는 한라와 백두를 손바닥 위에 올려놓고 모이를 먹이게끔까지 되었다. 한라와 백두를 처음으로 손바닥 위에 올려놓던 그 무렵, 남편의 얼굴에 떠올라 온, 좀 뽐내고 싶어 하는 듯 싶기까지 하던 그 치기만만한 낯빛 앞에서 나는 매번 나의 걱정을 드러내지 않으려고 온갖 안간힘을 다 쓰며, 남편의 그 모습을 카메라에 담곤 했다.

남편은 백두와 한라가 여느 비둘기들과는 다르게 몸매며, 털빛이며, 눈빛까지, 아주 기품이 있어 보인다는 이야기를 하기도 했다. 농담하는 투가 아니었다. 남편은 더할 수 없이 진지했다.

깐 지 여드레쯤이 지나서였다. 백두와 한라의 새끼들이 털빛을 분별할 수 있게 되었다. 남편은 백두를 닮아 흰빛 나는 새끼에게는 설악, 한라를 닮아 잿빛이 도는 새끼에게는 금강이라는 이름을 붙여 주었다. 백두와 한라는 설악과 금강이 겨우 둥지를 벗어나 포르륵거리며 서툰 날갯짓을 시작할 무렵에 벌써 사랑을 시작했다.

그때 보니까 남편의 판단은 맞는 것 같았다. 두 마리가 짝짓기를 할 때 위에 올라가는 것은 백두였다. 백두가 거친 몸짓으로 올라가면 한라는 몸을 낮춰 주며 꼬리를 추켜올렸다. 그러면 한라의 뒤가 지름이 3밀리미터쯤 되는 암나사 구멍처럼 그렇게 조금 빨갛게 열리곤 했다. 우리는 한라와 백두의 몸짓과, 특히 한라의 그 앙증맞게 빨간 뒤를, 그리고 언제 이루어졌는지도 알 수 없게 끝내 버리곤 하는 짝짓기의 그 순간을 자못 신기해하곤 했다.

남편은 또 바빠졌다. 판자를 구해 와서 집을 맵시 있게 만들었고, 판자 바깥벽에는 그림까지 그려 예쁘게 꾸몄다. 꽃도 그리고,

구름도 그리고, 아기 비둘기들 동무 삼으라고 토끼와 다람쥐도 그렸다. 남편은 아주 열심이었다. 그건 남편이 8년 만에 처음으로 완성한 그림이었다. 나는 벅찼다.

남편은 거의 유일한 파적거리다 싶게 하루걸러 한 번쯤 비교적 자주 하는 편이던 가까운 산 나들이도 일주일에 한 번이나 두어 주일에 한 번쯤으로 늦춰 버리고 오로지 비둘기 시중에만 매달렸다. 아주 재미가 나는 듯했다. 설악과 금강을 새집으로 옮겨 준 며칠 뒤였다. 백두와 한라는 또 알을 낳았다. 이번에도 두 개였다. 늘 두 개만 낳는 듯했다. 그리고 두 번째 알을 낳은 뒤 열이레 만에 또 새끼 두 마리를 깠다. 그 새끼들에게 남편은 묘향과 지리라는 이름을 붙여 주었다.

남편은 이제 신바람이 났다. 아침에 일어나면 비둘기들과 공유하는 그 언어로서 비둘기들을 불러 손바닥에 올려놓고 모이를 먹인 다음, 목욕물을 갈아 주고, 또 베란다에 물을 부어 비둘기 똥을 씻어 냈으며, 그런 다음에는 베란다에 이젤을 내다 세워 놓고 그 앞에 앉아 비둘기와 채소를 함께 그렸다.

나는 예감했다.

남편은 실로 오랜만에 제대로 된 그림 하나를 완성해 낼 듯했다.

역시 나는 예감했다.

그러면 나도 시를 쓰게 될 듯했다. 내가 너무 들떠 있었던 것인가. 또 하나의 예감이 있었다. 어쩌면 아기를 갖게 될는지도 모른다는, 그것이었다. 나는 아기를 갖고 싶었다. 나의 그 소망은 아주 절실했다. 문득문득 두 주먹이 부르쥐어질 만큼. 아기가 있다면 우리 생활이 이토록 적막하지는 않을 것이므로. 남편과 서로 다른 방을 쓰기 시작한 지는 어느덧 일곱 해나 되었다.

남편이 그 그림을 끝낼 수 없게 된 것은 백두의 갑작스러운 실종 때문이었다. 묘향과 지리가 둥지를 벗어나 날갯짓을 막 시작할 무렵이었다. 어느 날 백두가 갑자기 보이지 않았다. 남편만은 아니었다. 나도 조바심했다. 그렇게 며칠을 기다려 봐도 마찬가지였다. 아파트 단지 안 비둘기들이 많이 모이는 곳을 돌아다녀 보고, 아파트 이웃, 역시 비둘기들이 많이 모이는 공원에까지 가 봤어도 백두는 눈에 띄지 않는다고, 남편은 아주 풀이 죽었다. 남편은 그동안에 공들여 만들어 놓은 비둘기 앨범을 펼쳐 백두를 들여다보며 마치 죽은 자식을 그리워하기라도 하듯이 그렇게 애달파했다. 어쩌면 눈물이라도 글썽거릴 것 같았다. 백두는 영영 돌아오지 않았다. 무엇엔가, 해코지를 당한 듯했다.

백두가 없어진 지 보름쯤 지나서였다. 남편이 '엉큼한 도둑 비둘기'라고 부르기 시작한, 잿빛에 흰 털이 거칠게 섞이고 눈자위가 어쩐지 부리부리한 듯한 비둘기가 나타나서 한라와 어울리기 시작했다. 한라는 백두와 그랬듯, 베란다 창틀에 앉아 빨간 뒤를 열고 도둑 비둘기와 짝짓기를 했다. 남편은 몹시 노여워했다. 마치 질투에 사로잡힌 것 같아 보이기도 했다. 도둑 비둘기를 사정없이 쫓았고, 더러는 한라마저 미워했다. 나는 어이없다는 느낌이 들기도 했지만, 남편의 그런 마음을 이해할 수 없을 정도는 아니었다.

나도 한라가 너무 일찍 백두를 포기하고 낯선 비둘기에게 정말 눈에 띄게 빨간 그 뒤를 그토록 손쉽게 열어 보인 데 대해 미운 마음이 들었다. 그러나 남편의 노여움은 아무래도 지나쳐 보였다. 남편은 아예 베란다를 지키고 앉아서 도둑 비둘기가 나타나기만 하면 빗자루를 거꾸로 쥐고 한사코 쫓아 버렸다. 처음에는 소리만 내도 도망치던 도둑 비둘기는 며칠 뒤부터 집요한 빛을 드러내기 시작하여, 마치 버텨 보기라도 하려는 것처럼, 또는 얼마든지 쫓아 보라고 놀려 대기라도 하는 것처럼 이쪽 창틀과 저쪽 창틀을 옮겨 다니며 남편의 부아를 돋우기 시작했다.

남편은 그럴수록 더 그악스레 도둑 비둘기를 쫓았다. 마치 도둑 비둘기와 죽기 살기 식 대결이라도 벌이고 있는 듯했다. 그러면서 남편의 산 나들이는 전보다 더 잦아지기 시작했다. 백두에 대한 그리움을 그렇게라도 달래 보려는 것 같았다.

산 밑까지는 아파트로부터 1킬로미터쯤, 그다지 멀지 않은 편이지만, 나는 어느덧 땀을 뻘뻘 흘리고 있다. 남편도 마찬가지다. 나는 반 발걸음쯤 뒤처져서 역시 잠자코 남편을 따르고만 있다. 산 빛깔이 눈부시다. 저토록 푸르를 수 있다니. 그 위 드높이 솟아 있는 하늘빛은 또 어떤가. 남편은 뒤도 돌아다보지 않고 밋밋한 비탈길을 절름절름거리면서도 열심히 걸어 올라간다. 산기슭을 지나 숲 사잇길로 접어들자 그늘과 바람으로 시원해졌지만 가쁜 숨은 그대로다. 매미 소리가 요란하다. 쓰르라미 소리가 그사이에 섞인다. 주중이기 때문일는지도 모른다. 다른 사람은 눈에 띄지 않는다. 산길은 마냥 한적하기만 하다. 남편은 나를 생각하는 것처럼 걸음을 조금 늦춰 준다. 나는 다가가 남편의 손을 잡는다. 날씨 때문인가. 아마 땀을 흘리며 걸었기 때문일지도 모른다. 앙상한 느낌의 그 손이 뜨겁다. 숨결이 가쁘기는 남편도 마찬가지다. 남편은 그래도 멈춰 쉬려 들지 않고 열심히 걷는다. 30분쯤 뒤, 퇴락한, 조그만 암자가 보인다.

한적하기는 그 언저리도 마찬가지다. 남편은 발걸음을 조금 빨리 하여 암자 아래쪽으로 내려간다. 옹달샘은 암자에서 20미터쯤 아래에 있다. 나는 남편의 손을 놓고 마지막 힘을 다해 빠른 걸음으로 옹달샘에 다가가 표주박으로 물을 퍼, 타는 목을 축인다. 뇌수부터 미골, 그리고 발끝까지 한꺼번에 시원해진다. 암자에서 키운 박으로 만들었다는 묵은 표주박 냄새도 아주 상큼하다.

아, 살 것 같다.

나는 속으로 외치며 표주박에 물을 떠 들고 뒤를 돌아다본다. 바로 뒤에서 물을 기다리고 있을 듯했는데, 남편은 서너 발걸음 떨어진 곳에 쪼그리고 앉아 뭔가를 들여다보고 있다. 골똘한 눈길. 나는 앉은걸음으로 몸을 움직여 남편 곁으로 다가간다. 옹달

샘 주변 바닥은 콘크리트로 조잡하게 덮여 있다. 남편이 들여다보고 있는 것은 콘크리트 포장이 깨어진, 아마도 4~5밀리미터쯤이나 될 듯한 틈이다. 그 틈으로 물이 실낱처럼 그렇게 솔솔 흘러나오고 있다.

뭘까?

나는 궁금하지만 잠자코 남편의 얼굴과 콘크리트 틈을 번갈아 보기나 한다. 이렇게 말을 아끼는 것은 그 열아흐레 뒤에 남편과 나 사이에 이루어진 새로운 질서들 가운데 하나다.

남편은 끈질기다. 내가 물이 담긴 표주박을 내밀었는데도 돌아보려 들지도 않은 채 콘크리트 틈만 들여다보고 있다. 시간이 지나가면서 남편의 얼굴에는 그늘이 드리워진다. 그 얼굴에 실망한 듯한 빛이 떠올라온다. 콘크리트 틈에서는 맑은 물이 내내 그렇게 실낱처럼 솔솔 흘러나오고 있다. 한동안이 더 지나간다.

남편이 입을 연다.

"한 스무 날쯤 전이었어."

스무 날쯤 전이면 백두가 사라진 조금 뒤가 된다.

남편의 이야기는 이어진다.

"요기 요 틈에 글쎄 가재 다리 하나가 꼼지락거리고 있는 게 보이지 않아."

남편은 콘크리트 틈을 손가락 끝으로 가리킨다. 나는 믿어지지 않는다. 콘크리트로 덮여 있는 그 안에 가재가 어떻게 있을 수가 있단 말인가. 그러나 나는 잠자코 있기로 한다. 내 얼굴에 의아스러워하는 빛이 떠오르기라도 했던가.

"글쎄 말이야."

남편도 고개를 갸웃이 한다.

"이 콘크리트, 이거 적어도 몇 년은 됐을 것 같지 않아? 그런데 분명히 살아 있는 가재의 다리 하나였어. 제법 굵었구. 난 섬뜩했어. 민들레 꽃씨처럼 바람에 날려 번식할 수 있는 것도 아닐 텐데. 가재는, 아니 아냐, 가재가 아니라 가재의 다리지, 가재의 한쪽 다리."

남편은 자신의 왼쪽 다리를 툭툭 두드려 보이며 그다음을 잇는다.

"가재의 그 다리는 어떻게든 밖으로 나오려고 버르적거리는 듯했어. 밖에서 내가 제 다리를 들여다보고 있는 줄도 몰랐겠지. 내가 그 다리를 장난삼아 잡아 비틀거나 분질러 버리려 들었을는지도 모르는데 말이야. 그러다가 어느 틈엔가 사라졌어. 그다음에는 아무리 기다려도 다시 나타나지 않았어. 난 그 뒤에 여기에 올 때마다 들여다봤는데 다시는 보지를 못했어. 참 이상스러운 일이야."

나는 주변을 둘러보았다. 가재는 두더지처럼 땅을 팔 것 같기도 하니까, 다른 곳에서 땅 밑을 통해 이쪽으로 온 게 아닌가. 그런 생각이 들어서였다. 남편은 또 그런 내 심중을 읽은 듯했다.

"나도 그런 추측을 해 봤는데, 여기는 가재가 있을 만한 골짜기도 아냐."

남편은 나를 바라본다. 자못 아쉬워하는 듯한 눈빛. 그리움 같아 보이기도 한다. 요즘 들어 부쩍 잦아졌던 산 나들이의 까닭이 그거였던가. 나는 미루어 헤아려 보며, 남편의 그 눈동자를 들여다보다가 불쑥 표주박을 내민다. 남편은 잠깐 그대로 나를 바라보고 있다가 표주박을 받아 마신다.

"물 달지?"

남편은 표주박을 내게 도로 내밀며 묻는다.

나는 눈만 깜박해 보인다.

남편의 물음은 또 이어진다.

"왜, 시 안 쓰지?"

나는 비시시 웃는다.

"당신 그림 그리면 쓴다구 했잖아."

"내가 그림 못 그리면?"

남편은 또 묻는다.

맑은 눈동자.

순직한 눈빛.

아, 착한 남자.

"그럼 못 쓰는 거지 뭐."

나는 또 비시시 웃다가 남편의 그 눈동자, 그 눈빛으로부터 눈길을 거둬 잠깐 하늘을 본다. 햇살이 빛나고 있는 그 하늘이 눈부시다. 콧날이 시큰해진다. 가슴에 소용돌이가 일며 눈자위가 달아

오르려 한다. 나는 떨쳐 버리듯 발딱 일어나 옹달샘으로 가서 표주박으로 물을 떠 마시는 시늉을 하며, 투정처럼, 까짓 시를 꼭 써야만 하나, 뭐 하고 혼잣말처럼 중얼거리다가 깜짝 놀란다. 아냐. 남편은 그림을 그려야만 해. 꼭 그래야만 해. 나는 표주박을 찬찬한 손길로 제자리에 놓아두고 다시 몸을 돌려, 어린 시절부터 동무였고, 지금은 남편인 한 사내의 손을 잡아 이끌고 숲으로 들어간다. 송진 냄새 섞인 숲 향기가 우리를 에워싼다. 숲새들이 지저귄다. 바람결이 목덜미를 스치고 지나간다. 관목이 아랫도리를 건드린다. 열아흐레 그 이전, 우리는 바로 이 숲에서, 아랫도리를 까내리고, 더러는 몸에 걸치고 있는 인공의 모든 것들 훌랑훌랑 벗어던져 버리고, 숲새들처럼 짝짓기를 했다. 숲새들이 찍찍거리듯, 키득키득 웃으며. 그것은 무한 자유였다. 우리는 무한 그 자유를 누렸다. 즐겼다.

무아의 지경. 얼마나 즐거웠던가. 숲에 갈까? 그 말만으로도 우리는 달아오르곤 했었지. 날마다 새로웠지. 잠들 때 새로운 내일에 대한, 잠 깰 때 새로운 하루의 열림에 대한 기대가, 있었지. 우리는 언제나 가득 채워져 있었지. 우리는 세계를 품에 안고 있는 듯했지. 세계는 우리의 것이었지. 아, 그랬지. 우리의 하루하루, 그것이 우리의 그림이고 우리의 시였지. 아, 정말 그랬어. 그런데 어느 날 그 모든 것은 단숨에 박살 났지. 그렇게 되어 버렸지. 누군가에 의해. 누구인지도 모르는 그 누군가에 의해.

나는 고개를 세차게 내저어 지난 기억을 떨쳐 버리려 한다.

분노마저.

그리고 서둘러 말한다.

"나, 시 쓸 거야, 곧. 그래서 당신에게 자랑할 거야."

내 말 마디마디에 경련이 실린다. 나는 그것을 느낀다. 남편은 내 손을 꼭 쥔다. 나의 경련을 남편도 느낀 것 같다. 털빛 고운 조그만 숲새 한 마리가 포르륵 난다. 바람 한줄기가 불어와 내 가슴을, 그리고 그 안에서 아직도 파들파들 경련하고 있는 내 마음을 쓸며 지나간다. 나는 남편의 손을 이끌고 숲 더 깊이 들어간다. 다시 우리의 것이 되어야 할 바로 그 숲으로.

집에 돌아와 문을 열고 들어서자 남편은 곧 베란다로 간다. 비둘기들이 푸드덕거린다. 얼마 전까지만 해도 남편이나 내가 나타나면 종종거리며 몰려오곤 하던 비둘기들은 남편이 도둑 비둘기를 쫓기 시작한 뒤로는 덩달아서 사람을 피한다. 나는 또 한 차례 도둑 비둘기 쫓기가 있으리라 미루어 헤아려 보며 샤워나 하려고 안방으로 들어가다가 문득 발걸음을 멈춘다. 기웃한 눈길로 베란다 오른편 구석을 바라보고 있는 남편의 낌새가 어쩐지 이상스럽다. 나는 남편 곁으로 다가가 그 눈길이 가 닿아 있는 곳을 바라본다. 아, 내 몸에 섬뜩한 기류가 흐른다. 플라스틱 상자 농장 안쪽, 바로 그 둥지에 비둘기 알 하나가 있다. 오뚝한, 그런 느낌. 감히 범접할 수 없는 위엄, 그런 게 엿보이기도 한다.

도둑 비둘기는 한라와 나란히 베란다 창턱에 앉아 남편과 둥지 쪽을 번갈아 보고 있다. 대결이라도 사양하지 않겠다는 자세 같기도 하다. 그런 느낌은 남편의 경우도 비슷하다. 무슨 낌새를 채기라도 한 것인가. 다른 비둘기들도 조용하다. 한낮의 갑작스러운 정적. 베란다는 괴괴하기까지 한 느낌이다. 나도 덩달아 조바심하며 남편과 둥지와 비둘기들 쪽을 번갈아 본다. 시간이 지나가면서 긴장감은 차츰 더 높아진다. 우리가 산 나들이를 나간 그사이를 틈타 낳은 그 알. 도둑 비둘기의 정(精)을 받은 한라의 그 알 하나. 엄습하는 엄숙한 느낌.

남편은 마침내 아무 말도 하지 않은 채 몸을 돌려 거실을 가로질러 자기 방으로 들어간다. 나는 가슴을 쓸어내리며 잠깐 망설이다가 남편의 뒤를 좇는다. 미완의 그림과 화구들이 어지러운 사이에 남편은 우두커니 앉아 담배를 태우며, 또 무엇인가를 골똘히 바라보고 있는 그 눈길이 되어 있다. 어쩐 일일까. 그 눈길이 전에 없이 섬뜩하다. 보긴 뭘 보는 거야! 그렇게 외치고 싶은 충동이 불쑥 치민다. 나는 그러나 숨결을 다스려 낮춘다.

"땀 흘렸는데 샤워나 하지 그래."

나의 말.

"알았어."

남편의 말.

남편은 그래도 꼼짝도 하지 않다가 담배를 재떨이에 눌러 끄고 자리에서 일어나 방에서 나와 현관 쪽으로 간다.

"어딜 가려구?"

나의 물음.

"그냥 잠깐."

남편의 대꾸.

남편은 곧 문을 열고 밖으로 나간다.

창밖을 내다본다.

어둠이 짙다.

흐릿한 주황빛 외등 때문에 밖의 어둠은 더 짙게, 더 을씨년스럽게 느껴진다. 나는 한동안이나 지난 다음에야 지금 밖에는 비가 부슬거리고 있다는 것을 알아차린다. 나는 책상 앞 의자에서 일어나 창문으로 다가가 커튼을 닫는다. 방 안이 갑자기 밀폐된다. 무섬증이 몰려온다. 나는 다시 책상 앞 의자에 앉아 몸을 도사려 본다. 현관 부저가 울린다. 나는 얼른 일어나 현관으로 나가 문을 연다. 남편이 들어선다. 술 냄새가 짙고, 옷과 얼굴과 머리카락이 젖어 있다. 남편은 벌건 얼굴로 나를 바라보다가 아무 말도 없이 구두를 벗고 들어와 자기 방 쪽으로 걸어간다.

"저녁 먹어야지."

나는 따라가며 말한다. 남편은 돌아보지도 않은 채 손을 들어 내저으며 자기 방으로 들어가 문을 닫는다. 나는 멈춰 서서 닫힌 그 문을 바라본다. 가슴에 막막한 절망감이 젖어 든다. 다가가 문을 벌컥 열고 소리라도 냅다 지르고 싶은 충동, 격렬하다. 나는 그러나 잠자코 돌아서서 안방으로 돌아와 책상 앞에 앉는다. 스탠드 불빛이 너무 밝다. 나는 스위치 줄을 한번 당긴다. 밝은 불이 꺼지고 푸른빛이 여리게 도는 꼬마전구의 희미한 빛이 살아난다. 나는 꼬마전구를 바라본다. 내가 바라보는 사이에 꼬마전구가 조금 더 밝아진다.

남편을 위해, 일부러 언제나 열어 두는 그 문을 통해 남편이 들어온다. 제 아내가 있는 방에 들어오는 남편을 바라보며 웬일일까 하고 의아스러워하는 나 자신을, 나는 의아스러워한다. 남편은 머뭇머뭇거리다가 다가와 내 손을 잡는다. 술기운 때문이리라, 앙상한 느낌의 그 손이 뜨겁다. 나는 일어난다. 남편은 나를 안는다. 나는 잠자코 남편에게 안긴다. 남편은 나를 안아 들어 침대 위에 눕히고 내 옷을 벗긴다. 나는 잠자코 남편을 거들어 준다. 남편은 내 몸을 어루만지며 자신의 입술로 내 입술을 연다. 나는 남편의 몸이 제발 더워지기를 간절히 바라며 남편의 그 입술을, 남편의 심리에 대한 배려에서, 나지막하게 맞아들인다. 남편의 몸은 그러나 메마르기만 하다. 좀처럼 더워질 것 같지 않다.

「한라산의 사계」로 말미암은 그 열아흐레 뒤에 남편은 내내 그렇다. 남편은 헛땀을 흘리기 시작한다. 조금쯤 더 나아가 보아야 할 것 같다. 나는 망설이면서도 남편을 당겨 품에 안고, 남편의 옷을 발가벗겨 품에 보듬어 안고 젖가슴을 대 준다. 남편은 내 젖꼭지를 입에 문다. 술내가 내 후각을 자극한다. 좋았던 시절에, 우리는 이 놀이를 즐겼다. 나는 엄마, 남편은 아가였다. 그 시절을 재현해 보려는 것이었지만, 안간힘뿐, 재현은 어느덧 불가능한 게 되었다. 그런 줄 알면서도 우리는 그 안간힘을 포기하지 못한다. 나는 그 시절처럼 아기를 어르듯, 남편의 등을 투닥투닥 다독다독 두드려 준다. 역시 그래 봤자다. 남편의 몸에서 문득 힘이 빠진다. 남편은 내 젖꼭지를 놓는다. 나는 남편이 말을 하려 한다는 것을, 그리고 그것이 무슨 말인가를, 그리고 또 왜 쉽사리 입을 열지 못하는가를, 안다.

나는 남편이 말을 하게 하는 대신에 남편의 입술에 내 젖꼭지를 다시 물리며 남편의 등을 다독거려 주다가, 이번에는 내 입술로 남편의 입술을 가만히 눌러 준다. 우리의 숨결은 서로의 가슴 안으로 들어간다. 나는 술내 섞인 남편의 숨결을 깊이 빨아들인다. 우리는 우리들 생애의 처음부터 부부였다. 나는 또 그 생각을 되풀이한다. 국민학교도 들어가기 전, 우리는 엄마 아빠 놀이를 즐겨 하곤 했다. 남편은 아빠, 나는 엄마였다. 우리는 그때 아기가 아주 많았다. 나는 회상 속의 우리 아기들을 하나둘 헤아려 보며, 그리고 그 아기들에게 우리가 붙여 주었던 이름들을 하나하나 되뇌어 보며, '한평생, 단 한 번, 단 한 사람만'을 실현하겠다고 맹세해

온 내가 내 생애를 바쳐 사랑해 온 바로 그 사람을 더 깊숙하게 꼭 끌어안는다. 남편의 몸에는 그러나 힘이 다시는 실리지 않는다. 단골 후회가 밀려온다. 열아흐레 그 이전, 우리는 아기 갖기를 미뤘다. 우리는 아직 젊었고, 우리만의 시간을 더 갖고 싶었다. 그때 아기라도 가졌더라면.

그러나 후회 말자.

내일의 재난을 예상하고 사는 사람은 없지 않은가.

목이 메인다.

상큼하고 향기로운, 정말 오랜만에 상큼하고 향기롭기 그지없는 꿈 끝에서, 나는 문득 눈을 뜬다.

비몽사몽의 몇 순간이 지나가고 난 다음에 뇌수가 투명해지며 꿈 가운데 한 대목이 회상된다.

"봐. 나 시 썼어."

나는 남편에게 내가 쓴 그것을 내민다.

남편은 깜짝 놀란다.

그 얼굴에 환희의 빛이 떠오른다.

선명하게 회상되는 장면은 그게 모두다.

나는 내 손을 들여다본다.

맨 손바닥뿐이다.

나는 몸을 일으킨다.

창문이 희끄무레해지고 있다. 나는 창문으로 다가가 내 앞에 밝아 오는 또 하나의 아침을 바라본다. 그런데, 왜일까? 새롭지 않다. 왜 새롭지 않을까? 나는 묻는다. 새로울 수가 없으니까. 나는 대답한다.

창밖 베란다 창턱에 비둘기들이 앉아 있다. 남편의 연구에 의하면 비둘기들은 밤눈이 어둡다. 그래서 저녁이면 일찍 잠자리에 드는 비둘기들은 이른 새벽부터 날개를 푸드덕거리곤 한다. 새날이 어서 밝아 오기를 재촉하기라도 하듯.

나는 창을 통해 비둘기들의 아침을 내다보며 나의 꿈을 되돌아본다. 봐. 나 시 썼어. 나는 남편에게 그렇게 말하고 싶다. 나의 이 소망은 아주 간절하다. 사랑하는 남편과 키득키득 웃으며 짝짓기 하여, 우리의, 우리 자신의 아기를 갖고 싶은 욕망과 꼭 마찬가지로.

비둘기들은 이윽고 베란다 창틀을 박차고 비 개인 이른 아침, 어둠이 채 지워지지 않은 허공으로 기운차게 솟아올라 날개를 활짝 펴고 흐르듯 유연하게 날아 내 시야로부터 사라져 간다. 비둘기들은 이토록 일찍 왜, 어디로 날아가는 것일까.

나는 허공으로부터 눈길을 거둬들여 역시 열려 있는 방문 밖으로 나가 거실을 가로질러 남편의 방 앞으로 가서 조심스레 문을 연다.

책상 위 스탠드는 불이 밝혀져 있는 채고, 방은 비어 있다.

미완의 그림과 화구들만 어지럽다.

마구 버려져 있는 주검들 같다.

막막한 느낌이 내 눈 바투 앞을 가로막는다.

나는 뒤를 돌아다본다.

거기에는 깊이 모를 어둠이 도사리고 있다.

나는 잠깐 머뭇거리다가 그 어둠 속으로 걸어 들어간다.

콧날이 시큰해진다.

가슴에 소용돌이가 일며 눈자위가 달아오르려 한다.

그다음에 이어지는, 냅다 소리 지르고 싶은 치열한 충동. 나는 그러나 이번에는 그 열아흐레 이후 내내, 순간순간, 꿈에서마저, 나의 온몸을 온통 불태우려 드는 그 치열한 분노를 애써 억누르려 들지 않는다. 그런데 내 눈앞의 그 어둠은 더 짙어지고 있다.

나는 숨을 멈춘다.

눈마저 감는다.

『문학사상』, 1993년 8월호.

노란 나비의 빨간 눈

아내의 목소리가 거실 쪽에서 들려왔다.

좀 앙칼지다 싶었다.

무슨 말인가 쉽사리 분별되지 않았다.

요즘 들어 신경질이 부쩍 늘어난 아내는 오늘 아침에도 은영이 정도를 상대로 신경질 풀이라도 하고 있는 듯했다.

허탕 칠 줄 빤히 알고 있으면서도 혹시나 하는 미련에서 이리저리 뒤적거려 보고 있던 조간신문을 아무렇게나 접어 밀어붙이고, 나는 방바닥에 벌렁 드러누워 버렸다. 지난밤 주한 미군 방송(AFKN) 텔레비전 뉴스에도 어김없이, 노란 깃발이 온통 가득한 그림과 함께 필리핀 시위 소식이 머리에 올랐었다. 그건 지난 몇 주 동안 내내 그랬다. 노란 깃발은 20여 년 동안 철권통치를 해 온 독재자 마르코스를 내쫓기 위해 떼를 지어 들고일어난 '국민의 힘'의 상징이었다. 우리 방송의 우리말 아나운서보다 말의 속도가 곱절은 빠른 것 같은 그 흑인 여자 아나운서야 언제나 그런 것인데도, 필리핀의 그 뉴스를 전할 때만은 유난스레 선동적인 어조를 마구 휘둘러 나를 격앙시키고 있는 것처럼 여겨졌다.

필리핀의 봄은 임박했는데 너희들은 도대체 뭐냐?

그렇게 다그치는 것 같았다. 입장이 궁하니까 엉뚱한 데까지 자격지심이 발동하는구나 싶었다. '봄'에 그런 뜻이 실리기 시작한 것은 1968년, 이른바 '프라하의 봄'부터였던가. '서울의 봄'이라는 것도 있었다. 그러나 그것은 너무 짧았다. 그 뒤에 여름이나 가을마저 건너뛴 채, 그 어느 때보다 더 혹독한 겨울이 시작되어 이때까지 이어지고 있기에 그 짧은 봄은 더 허망한데도, 바로 그 봄을 기다린다. 우습다, 인간사가. 그러면서도 봄을 기다리는 노래, '대춘부(待春賦)'는 포기되지 않는다. 그러고 보니 '봄'의 시조쯤 될 '프라하의 봄'도 형편없이 짧았던 것 같다. '봄'이란 본디 그럴 수밖에 없는 것일까?

그러나저러나 세계를 온통 요란스럽게 하고 있는 그 소식이 우리 보도 매체에는 비치지도 않는 것이, 당국의 보도 관제가 어떻다 할지라도 이상스럽기만 했다. 명색 언론이 그토록 숨죽이고 있을 수 있을까 싶은. 그렇게 구차하게 살아남아서 무엇을 추구하고자 하는 것일까 싶은. 그러다가 마침내는, 빌어 처먹을 싶은.

아내의 앙칼진 목소리가 다시 들려왔다.

은영이는 은영이대로 지지 않으려고 또박또박 말대꾸를 하고 있는 듯했고, 더불어 아내의 신경질이 차츰 더 곤두서 가고 있는 것 같다가, 마침내는 아내의 고함이 터져 버렸다. 비로소 거실 쪽이 잠잠해졌다. 은영이가 아내의 고함에 아예 질려 버린 듯했다. 이것으로 오늘 오전 순서가 끝나는 것인가 하고 천장을 향해 눈망울을 두리번거려 보고 있는데, 방문이 열리고, 은영이가 들어왔다.

치마 길이가 짜름하여 무릎이 드러나 보이는 샛노란 갑사천 원피스에 새하얀 타이츠를 신고, 머리에는 샛노란 빛깔의 커다란 나비 리본을 매고 있었다. 지난해 유치원 학예회 때, 하얀 옷을 입고 하얀 리본을 맨 아이들과 어울려 나비춤을 추던 모습 그대로였다. 아내가 신경질을 냅다 부렸던 까닭을 짐작해 볼 수 있을 듯했다.

은영이는 금세 울음을 터뜨려 버릴 것 같은 낯빛이었다. 그러고 보니 리본도 제자리가 아니라 오른편 귓바퀴쯤에 엉성하게 매달려 건들거리고 있었다. 나는 부스스 몸을 일으켜 은영이를 맞았다.

"아빠아……."

지척거리며 다가온 은영이는 입술을 비쭉거리며 두 손을 눈으로 가져갔다.

'예쁜 아이는 울지 않는 거야.'

은영이는 이 말을 되새기고 있는 것 같았지만 그래도 솟아오르는 울음은 아무래도 참아 낼 수 없게 된 모양이었다.

"요러얼게 예쁘게 차리고 왜 그러얼게 슬픈 얼굴을 하고 있을까아, 우리 예에쁜 은영이가?"

내가 익살스러운 투를 꾸며 부드럽게 말하며 품에 안으려 하니까, 은영이는 앙탈하듯 잠시 버티며 몸을 흔들다가, 마침내 내 품을 파고들며 울음을 터뜨렸다.

"이제 봄이 오기만 하면 학교에 가야 할 커다란 아이가 이게 뭐야?"

나는 은영이의 등을 투닥투닥 두드려 달래 주다가 내 품으로부터 은영이를 떼 내 손등으로 그 눈물을 자근자근 닦아 주었다.

"자, 무엇 때문인가 말해 봐. 그래야만 아빠가 알 거 아냐?"

은영이는 힘들여 눈물을 삼키며 이야기를 시작했다.

"예쁜 옷 입고 나비 리본 매고, 아빠한테 나비야 춤 예쁘게 추어 보이려는데, 엄마가 막 야단쳤어. 리본 좀 매달라는데도 막 야단쳤어."

"응, 그랬구나. 엄마가 왜 야단을 쳤을까?"

"웬 청승이냐구. 쪼끄만 기집애가 아침부터 웬 청승을 그렇게 떠느냐구."

은영이는 서툰 발음이지만 한 마디 한 마디를 또박또박 바르게 소리 내려고 애썼다.

"으응, 그랬구나. 엄마가 왜 그랬을까?"

이렇게 말하고 있는데 아내가 나타났다.

그 낯빛이 심상치 않았다.

"당신은 괜히 아이들을 부추겨서 지나치게 감상적으로 만들고 있어요."

아내는 내 처지에 대한 배려에서 목소리를 한껏 누그러뜨리려고 애를 쓰고 있기는 했지만, 이미 푸르게 돋아 올라 있는 앙칼진 서슬을 지워 버리지는 못했다.

"무엇이 부추긴 것이고 무엇이 감상적으로 만든 것이야?"

나는 아내의 기분을 건드릴 생각은 없었지만, 아내의 숨소리는 벌써부터 고르지 못하게 울리고 있었다.

"아이들 교육은 엄마가 시키는 거지 아빠가 하는 거예요? 엄마가 제 아이를 데리고 어떻게 했다 하면 다 그럴 만한 까닭이 있어서 그렇게 한 줄 알고, 아이한테도 그렇게 타일러야 아이 교육이 되는 거지, 엄마는 이렇게 말했는데, 아빠라는 사람은, 아 그건 엄마가 잘못한 거구나, 그런 식으로 나가면 엄마의 권위는 뭐가 되고 아이의 버릇은 또 어떻게 되는 거예요?"

그건 벌써 여러 차례 들어온 말이었다.

나는 고개를 끄덕거려 수긍의 뜻을 나타내며 은영이를 바라보았다.

"응, 그렇구나. 엄마가 그럴 만한 까닭이 있어서 그러셨다는구나. 그러니까 엄마한테 잘못했습니다, 그렇게 말씀드린 다음에 네가 바라는 것을 차근차근 말씀드리도록 해라."

"싫어. 엄마 미워!"

은영이는 단박에 고개를 내저으며 아내를 향해 두 눈을 헬금 흘겨 보였다.

"자알 하십니다. 집에 들어앉으셔서 할 일이 없으시니까 어린 애 데리구……."

아내가 그 문장을 끝맺는 데까지 나아가지는 않았지만, 그것은 좀 지나치다 싶었다. 그러나 나는 역시 참아 내기로 했다. 그렇게 하지 않으려 해도 그런 식으로 말이 미어져 나오곤 하는 아내의 그 기분을 이해할 수 있기도 했지만, 그게 아니더라도 마음속으로 이미 뉘우쳐 미안스러워하고 있으리라 짐작되기 때문이었다. 때도 없이 해직당하거나, 이리저리 불려 다니거나, 그러다가는 허구한 날 집 안에 틀어박혀 빈둥거리고나 있는 남편을 마냥 이해할 수 있는 사람이란 현실에서는 드물 수밖에 없다 싶기도 했다.

아내가 휑 소리가 나게 치맛바람을 일으키며 시야에서 사라져 버리고 나자, 은영이는 쪼르륵 달려가서 방문을 닫은 다음 아예 잠가 버리기까지 했다. 제 엄마를 제쳐 놓고 저와 단둘이 오순도순 재미있게 놀아 보자는 음모 같았다. 아내의 심기를 고려할 때 매우 조심스러운 구도였지만 그렇다고 은영이를 밀어낼 수도 없었다. 은영이는 내 앞으로 다가와 단정하게 무릎을 꿇고 앉아 머리부터 내밀었다.

"리본 좀 매 주세요. 아주 예에쁘게요."

나는 은영이가 뜻하는 바에 순순히 동조하는 손짓으로 리본을 '예에쁘게' 매 주었다. 은영이는 곧 화장대로 쪼르륵 달려가서 제 모습을 요리조리 비춰 보며 리본이 너무 뜨지 않도록 조그만 손바닥을 재게 놀려 꼭꼭 누른 다음, 몸을 돌려, 나와 서너 발걸음 떨어진 곳에 서서, 무대 위에 선 것처럼 오뚝한 자세가 되어 두 눈을 살며시 감았다. 속눈썹이 파르르 떨렸다. 아내가 거실에서 오도카니 앉아 속을 끓이고 있을 거라는 짐작이 나를 조금쯤 불안하게 했지만, 그것은 어차피 시간이 해결해 줄 일이었으므로, 나는 굳이 개의치 않으려 하며 은영이의 공들인 몸짓을 잠자코 바라보고 있기만 했다.

은영이는 이윽고 두 눈을 반짝 열며 입술을 예쁘게 오므렸다가 꽃술이 터지듯 그렇게 그 입술을 펴며, 고운 목소리로 「나비야」 노래를 부르며, 더불어 나비의 날갯짓처럼 두 손을 나울나울거리며 방 안을 돌아다니면서 춤을 추기 시작했다. 노란 옷에 노란 리본 때문인가, 정말 노란 나비 한 마리가 방 안을 날아다니는 것 같았다. 지난해 입던 옷인지라 더욱 짜름해져서, 뒤꿈치를 조금만 들어 올려도 볼쏙 튀어나오곤 하는 엉덩이가 여간 앙증맞아 보이는 게 아니었다.

노래와 춤이 끝나자, 은영이는 마치 나비처럼 포르륵 달려와서 내 품에 안겼다. 하는 짓은 때로 그 나이 아이스럽지 않은 경우도 있었지만, 몸피는 아직 자그만해서 내 품 하나도 다 채우지 못했다. 비릿한 몸내가 묻어 있는 은영이 입김이 모락모락 피어올랐다.

"은영이는 노래뿐만 아니라 춤도 아주 잘 추는데?"

내가 이렇게 칭찬해 주며 물끄러미 내려다보는 사이에, 활짝 밝기만 하던 은영이 얼굴에 근심 어린 그림자가 살풋 드리워졌다. 웬일일까 하는데, 은영이가 얼굴을 발딱 젖혀 나를 올려다보았다. 은영이의 작고 맑은 까만 눈동자, 그 안에 내 얼굴이 조그맣게 아른거리고 있었다. 은영이의 조그만 입술이 방긋 열렸다.

"봄이 언제 오지, 아빠아?"

나는 응, 또 그거구나 싶었다.

"이제 쪼끔만 더 있으면."

내가 그렇게 대답했지만 은영이 얼굴의 그림자는 더 짙어졌다.

은영이가 봄을 기다려 안달하기 시작한 것은 새해 들어서면서부터였다. 다니던 유치원을 끝내고 나자 심심해진 때문이었다. 은영이는 어서 봄이 와야 학교에 입학하여 새 동무들과 어울려 놀 수 있을 텐데, 봄이 빨리 오지 않는다고 하루에도 몇 차례씩 투정을 부렸다. 그 바람에 그렇지 않아도 심기가 편치 않은 아내의 신경만 긁어 놓곤 하여, 모녀간에는 잠자코 보고 있기에 민망스러운 말다툼이 곧잘 벌어지게 되고, 그러다가 마침내는 습관이라도 된 것처럼 아내가 고함을 치게 되곤 하여, 이래저래 집안 분위기는 한랭 전선으로부터 벗어나지 못하고 있었다.

은영이는 어떤 때는 어린아이로서 지나치다 싶으리만큼 의기소침해져서 제 방에 아예 틀어박히곤 했다. 아내는 그게 아이가 너무 감상적이기 때문이라는 것이었고, 그러한 성격은 아버지 되는 사람이 너무 오냐오냐해서 형성된 것이라는 주장을 포기하지 않고 있었다. 스스로 생각하기에도 내가 아이들에게 너무 오냐오냐하는 것 같기는 하지만, 그렇다 할지라도 지나치게 엄격한 아버지 노릇을 하고 싶지는 않았다. 피곤할 수밖에 없는 바깥 생활로부터 돌아오면 목에 매달려 감기곤 하는 은애와 은영이를 엄격하게 밀어내기보다는, 그런 아이스러움을 오히려 조장하여서라도 보드랍기 한이 없는 아이들의 응석을 소중스레 품에 보듬어 안아, 잔뜩 지친 내 영혼을 위안하고 싶었다. 그러나 요즘 들어서 은영이가, 봄이 제가 바라는 대로 냉큼 달려오지 않는 것에 마치 상심하기라도 한 것처럼 보채는 것이 조금쯤이나마 걱정스럽기는 했다.

은영이를 더 조바심하게 만든 것은 제 삼촌이 갑자기 가족들의 시야로부터 사라진 일 때문이었다. 아시안 게임이 열리는 대망의 1986년이니 하는 새해가 시작되고 얼마 지나지 않아서였다. 은영이가 '아지야'라고 부르는 제 막내 삼촌은 좋은 대학에 다니는 학생으로, 자상하고 재미있고, 무엇보다도 은영이 또래 아이들의 마음을 잘 헤아려 줄 뿐만 아니라, 이야기에 나오는 왕자님처럼 정의감이 강하여 용감하고 씩씩했다. 언젠가, 아지야는 은영이가 잘 이해할 수 없는 까닭으로 시장 골목에 있는 나쁜 아저씨들과 맞서 싸웠으나, 상대방의 숫자가 워낙 많았기 때문에 피투성이가 되어 돌아왔다.

그날 밤, 은영이는 밤을 꼬빡 세워 가며 아지야 옆에 앉아서 정성 들여 간호도 하고 공들여 기도도 올리며, 그런 아지야를 한없이 자랑스러워했다. 은영이는 아지야를 몹시 안쓰러워하기는 했으나 결코 울지는 않았다. 동화에서 보면, 정의의 왕자님은 악한들과 싸워서 처음에는 피를 흘리고, 때로는 칼을 맞고 쓰러져 정신을 잃어버리기도 하지만, 끝장에는 다시 일어나서 통쾌한 승리를 거둬, 온 나라 안에 평화와 기쁨을 가져온다는 것을 잘 알고 있기 때문이었다. 은영이는 아지야가 언젠가는 이 세상 어떤 왕자님보다도 더 훌륭하고 멋진 왕자님이 되리라는 것을 의심했던 적이 한 번도 없었다. 아지야는 말하자면 은영이에게 있어서 적어도 이 세상에서는 그 누구와도 비교할 수 없을 만큼 위대한 왕자님인 셈이었다.

은영이는 다른 가족들보다 아지야와 함께 있는 것을 더 좋아했다. 때로 아지야가 늦게 돌아오는 밤이면 은영이는 옷도 벗지 않은 채로 오그리고 누워 있다가, 밤이 깊어서라도 잠에서 깨나면 문간방으로 가서 아지야가 잠든 모습을 확인한 다음, 비로소 자기도 잠옷을 갈아입고 잠자리에 들어가곤 했다. 그래서 아지야는 은영이가 잠을 설치지 않도록 하기 위해 어떻게든 일찍 돌아와서 은영이의 밤 인사를 받아 주려고 애썼다.

은영이에게 그런 아지야였다. 그런데 아지야가 한마디 말도 없이 갑자기 사라져 버렸다. 은영이에게 충격이 될 수밖에 없었다. 제 엄마는 무슨무슨 일 때문에 아지야가 붙잡혀 들어갔다고 사실

대로 이야기해 줄 수 없었으므로, 날씨가 추우니까 남쪽 지방 따뜻한 곳으로 공부하러 간 것이라고 우선 둘러댔지만, 똑똑한 은영이는 제 엄마의 그 말을 믿으려 들지 않았고, 제 엄마가 뭔가를 숨기고 있는 듯한 낌새를 알아차리고는 오히려 더욱 상심하기만 했다. 제 엄마는 이제 봄이 되어 따뜻해지기만 하면 아지야가 돌아와서 학교도 다시 다니고 은영이 동무도 해 줄 것이라면서 열심히 달랬다. 은영이에게는 그 말도 믿어지지 않기는 마찬가지였지만, 그래도 기다릴 것은 그것밖에 없었다. 그래서 마침내는 지나치다 싶으리만큼 아이답지 않은 감상에 빠져 투정 부리기를 되풀이했다.

은영이는 제 언니인 은애가 겨울 방학을 끝내고 학교에 나가기 시작한 며칠 전부터 더욱 심해졌다. 아침에 눈을 뜨기만 하면 문간방으로 쪼르륵 달려가서 문을 열어 보고는, 그만 낙담하는 낯빛이 되었고, 제 언니가 학교에 가려 하면, 이미 사다 놓은 가방에 동화책 몇 권을 집어넣어 짊어진 다음 제 언니를 따라가려고 앙탈을 부렸고, 겨우 떼어 놓으면 퍼더버리고 앉아서 앙앙 울음을 터뜨리다가, 갖은 방법을 다 동원하여 달래 놓으면 그때부터는 또 한나절씩이나 시무룩해하곤 했다. 오늘 아침에도 결국 그런 상황이 되풀이되고 있는 셈이었다. 다른 게 있다면 난데없이 제 몸에 맞지도 않는 샛노란 옷을 입고 리본까지 매달고 나타난 것이었다. 나는 아이의 그런 마음을 헤아려 보려 애쓰며, 은영이의 조그맣고 가녀린 등을 쓰다듬어 아이의 마음을 달래 주려고 했다. 그것은 어쩌면 나 자신의 마음을 스스로 달래 보려는 몸짓이었을는지도 모른다고 생각해 보며, 솜털이 보송보송한 은영이 얼굴을 가만히 내려다보고 있는데, 잠자코 나의 손길을 받아들이고 있던 은영이가 갑자기 얼굴을 치켜들고, 내 얼굴을 빤히 올려다보며 칭얼거리기부터 했다.

"아빠아, 봄이 왜 빠알리 오지 않지이, 저엉마알……."

아, 이런, 얘가 또.

나는 그렇게 난감해하고 있다가 좋다 싶은 꾀 하나를 문득 생각해 냈다. 왔다, 싶었다. 나는 은영이의 조그만 몸을 가볍게 들어 방바닥에 내려놓고 일어서서, 책상 위에 있는 지구의를 내려 가지고 은영이와 다시 마주 앉아, 지구의 오른편에다가 내 왼쪽 주먹을 동그랗게 만들어 떠올렸다.

"이게 뭔지 아니?"

나는 눈짓으로 내 왼쪽 주먹을 가리켰다.

은영이는 고개를 내저었다. 조금 어리둥절해하는 낯빛이었다.

"이건 그러니까……."

나는 왼쪽 주먹을 흔들어 보였다.

"저 하늘에 있는 해님이라고 생각해 보는 거야. 알겠니?"

은영이는 고개를 끄덕거려 보였다.

"해님은 언제나 여기에 가만히 있기만 하는 거야. 그런데 지구가 이러엏게……."

나는 이야기를 이어나가면 지구의를 천천히 돌렸다.

"빙글빙글 돌아가고 있기 때문에, 우리나라가 해님 쪽으로 갔을 때는 우리나라가 낮이 되고, 해님이 보이지 않는 쪽으로 갔을 때는 우리나라가 밤이 되는 거야. 알겠니?"

은영이는 이제는 알아듣겠다는 듯이 고개를 끄덕거리며 조금쯤은 재미있다는 낯빛을 지어 보여 주었다. 나는 이번에는 지구의를 받침째로 들어 올려서 왼쪽 주먹 주위를 빙빙 돌도록 해 보였다.

"지구가 해님 주위를 이러엏게 돌아가다 보면 지구가 해님에 가까워질 때도 있고, 멀어질 때도 있겠지?"

은영이는 잠깐 생각해 보는 눈빛이다가 일단 고개를 까딱해 주었다.

나는 이야기를 이어 나갔다.

"이렇게 해님에 가까워질 때는 지구가 덥겠니, 아니면 춥겠니?"

"더워."

"그렇지. 은영이는 아주 자알 아는구나. 그러면 이번에는 이러엏게 멀어지면."

"추워."

"그렇지. 우리 은영이는 정말 잘 아는구나. 그러니까 지구가 이러엏게 해님 주변을 돌아가다 보면 추운 때와 더운 때, 다시 말해서 봄과 여름과 가을과 겨울이 번갈아 오게 된다. 알겠니?"

은영이는 또 잠깐 생각해 보는 눈빛이 되었지만 이번에는 고개를 까딱해 주지 않았다.

"그래도 봄이 오지 않으면 어떻게 해?"

"왜 그런 생각을 하게 되었니?"

"심술쟁이 바람이 훼방 놓아서."

"으응, 알겠다. 은영이는 지금 바람과 해님이라는 동화를 생각하고 있는 거지?"

은영이는 이내 고개를 까딱했다.

"그러나 그건 조금도 염려할 게 없다. 바람이 아무리 짓궂게 훼방을 놓아도, 또 어떤 마음 나쁜 사람이 싫어한다 해도, 겨울이 지나가고 나면 곧 봄이 오게 마련이다."

"그래도오……."

은영이는 목부터 길게 뺐다.

"봄이 오지 않으면 어떻게 하지?"

은영이는 내 얼굴을 빤히 쳐다보았다. 나는 아, 이런, 이 아이가 왜 이럴까 싶었다. 무엇이 이 아이의 기다림에 조바심의 빛깔을 섞은 것일까.

"지금까지 그런 적은 단 한 번도 없었으니까 염려하지 않아도 된다. 남쪽에서는 벌써 봄이 오고 있는걸. 여기에다 귀를 대 보겠니?"

나는 방바닥에 귀를 대고 익살스러운 낯빛을 불려 지어 보였다.

은영이도 나를 따라 방바닥에 귀를 댔다.

"자, 숨소리를 조심해 가며 가만히 들어 봐. 뭔가가 웅웅웅웅 하는 소리가 들리지?"

은영이는 고개를 까딱했다.

"그게 바로 남쪽에서 북쪽을 향해 봄이 오는 소리야."

나의 익살스러운 말투가 재미있다는 것처럼 은영이는 거푸 고개를 까딱거리며 한참 동안이나 더 방바닥에 귀를 대고 있었다.

"그러니까 봄은 아지야가 있다는 남쪽에서 오는 거구나아, 아빠."

"그러엄. 저 남쪽 나라에서부터 바람을 타고 꽃 소식이 전해져 오기 시작하면 곧 뒤따라서 개나리랑 철쭉이 피어 올라오는 거야."

"어마나아, 이상도 하여라. 나는 남쪽으로 봄마중 가고 싶다."

은영이는 꿈꾸는 듯한 낯빛이 되었다.

"으응, 그거 참 좋은 생각이다. 그러면 남쪽 바닷가에서 손을 씻고 있던 봄이, 어마나아, 너는 서울에서 온 은영이라는 예쁜 아이가 아니니? 어마나아, 정말 반갑고나야, 이렇게 은영이를 반가워할걸."

제 말투를 흉내 내 준 것이 재미있어서, 은영이는 까르륵 소리까지 내며 웃었다. 그러다가 은영이는 예쁜 표정으로 고개를 갸웃이 해 보였다.

"그러엄 봄은 지금 어디쯤 와 있을까아?"

"남쪽 바닷가에서 손을 씻고 있다니까."

"그럼 거기는 어떻게 가지?"

"칙칙폭폭 칙칙폭폭 기차를 타거나 뻥빵뻥빵 버스를 타고 가지."

그러면서 나는 해남 땅끝 마을과 보길도 이야기까지 동화 식으로 엮어 풀어 놓은 다음, 내친김에 익살스러운 추임새를 섞어 「어부사시사」도 노래하는 투로 읊어 들려주었다. 지국총 지국총 어사와, 어얼쑤…….

은영이는 나의 장난기를 재미있어 하며 깡충깡충 뛰며 내 말투를 흉내 내기도 했다. 어얼쑤!

"으응, 그러니까 해남 바닷가에 가면 아지야도 만날 수 있겠구나아."

은영이는 빙그르르 맴을 돌았다.

이제 기분이 완전히 좋아진 듯했다.

은영이 기분을 풀어 주는 데는 이제 도사가 되었다 하고 생각하니까 나도 덩달아서 기분이 좋아졌다. 은영이가 쪼르륵 달려와서 내 목에 매달렸다.

"엄마는 아빠가 집에 있으니까 속상하다고 그러는데 나는 참 좋다."

나는 가슴이 뜨끔해지기부터 했다.

"그건 왜 그럴까?"

"아빠는 재미있는 이야기도 많이 해 주고 나하고 만날 동무도 해 주고 그러니까 그렇지."

"으응, 그건 정말 그렇구나."

"나는 아빠가 학교 나가지 않고 만날만날 집에만 있으면 좋겠다."

은영이는 발딱 일어나서 깡충깡충 뛰다가 또 포르르거리며 맴을 돈 다음, 역시 그런 몸짓으로 문을 열고 밖으로 나갔다.

나는 곧 방바닥에 아무렇게나 드러누워 버렸다. 시간이 생겼으니까 오랜만에 책이나 실컷 읽자던 애초의 작심은 한낱 객기에 지나지 않았다. 허구한 날 허리가 아프고 머리가 무겁도록 방바닥에 등을 대고 빈둥거리다가 시도 때도 없이 잠에 골아 떨어져 아내를 더 속 터지게 하고 있기가 일쑤였다.

점심때가 되어 내가 주방으로 나가 식탁에 앉자 아내는 투덜거리는 얼굴로 은영이 방으로 가서 문을 벌컥 열고 곱지 않은 목소리로 말했다.

"밥 먹으라 했는데 냉큼 나오지 않고 뭐하니?"

"그림 그려 놓구우."

은영이 대답이었다. 좀 기가 죽어 있는 듯했다.

응, 그림을 그리고 있었구나. 나는 그렇게 생각하며 아내의 얼굴을 쳐다보지도 않고 밥만 열심히 먹었다. 아내는 물론 두루 속이 상하겠지만, 내 속도 결코 편안하지 않다는 것을 조금이나마 더 생각해 주었으면 좋겠다 싶었지만 내색하지는 않았다. 밥맛이 별로였다. 그래도 열심히 먹었다. 밥맛이 별로라는 표를 낼 경우, 그게 또 아내의 심기를 건드릴 것 같았기 때문이다. 시대를 살아내는 데는 기교가 필요하다. 식탁에서도 마찬가지다.

내가 밥그릇을 비우고 식탁에서 일어설 때까지도 은영이는 제 방에서 나오지 않았다. 아내는 먹으려면 먹고 말려면 말라는 것처럼 더 부르지 않았다. 아무려나 내가 상관할 바 아니라는 심정으로 나는 내 방으로 들어와 버렸다. 아내가 따라 들어와서 또, "어디든 나가서 바람이라도 좀 쐬고 오세요, 만날 이러고 있으니 사람 숨이 막혀서 어디 살겠어요" 하며 쫑알거리기라도 할 것 같았지만, 나는 별로 나가고 싶지 않았다. 사람들이 요즘 나를 향해 보내는 눈빛이 우선 거북했다. 그리고 그들이 나에게 건네는 말은 대충 비슷했다. 어떻게 지내느냐? 어떻게 할 거냐? 대답이 궁할 수밖에 없는 그런 질문들. 그래서 사람을 만나는 진솔한 맛이 없어졌다. 더구나 비슷한 처지에 있는 사람들끼리 자리를 함께하고 보면 같이 앉아 있는 그 사람들 얼굴을 바라보고 있는 그 자체가 몹시 거북했다.

나는 책상 앞에 앉아서 아무 책이나 펼쳐 들고 건성으로 펄럭펄럭 책장을 넘겨 보고 있었다. 그러면서 학문이란 도대체 무엇이며, 어디에다 써먹을 수 있는 것일까, 이런 생각들을 이리저리 굴려 보고 있기나 했다. 답은 불가능했다. 책이 재미없다 보니 책상 앞에 앉아 있는 자세도 편하지 않았다. 나는 책상 앞을 떠나 방바닥에 벌렁 드러누워 책을 높이 치켜들었다. 그렇다고 책의 언어들이 내 눈에 곧이곧대로 읽혀지기는 어려웠다.

어느 사이에 또 잠이 들었던가. 아내가 흔들어 깨우는 바람에 눈을 떴다. 시계를 보니까 2시 30분쯤이었다. 아내는 뭔가 상당히 근심된다는 낯빛이었다.

"은영이 못 봤어요?"

아내는 대뜸 이렇게 물었다.

내가 멀뚱멀뚱 바라보고만 있으니까 아내는 또 팩하고 솟아올랐다.

"은영이 못 봤냐고 했잖아요?"

"은영이가 어딜 갔소?"

"모르니까 묻는 게 아니겠어요. 아이, 속상해. 요 쪼끄만 기집애가."

아내는 요즘 쉴 새 없이 속상해할 수밖에 없다. 그럴 수밖에 없다. 내가 이렇게 된 판에 아지야까지 사라진 것은 그야말로 엎친 데 덮친 격이었다. 아지야는 경찰서에서 끝나지 않고 구치소까지 갔으니까 아무래도 길어질 듯했다. 세상에, 무슨 열 뻗쳤다고 한 집에 둘씩이나! 아내는 그렇게 탄식했다. 나도 그 점을 미안해한다. 내가 이렇게 되어 있으면 저라도 좀 가만있어 주지. 나는 또 동생을 탓했다. 이래저래 아내 앞에서 기를 펼 수 없게 되었다.

나는 더 묻지 않고 말 잘 듣는 아이처럼 벌떡 일어났다.

"내가 나가서 찾아 가지고 올까?"

"벌써 다 돌아다녀 보고 왔단 말이에요."

아내가 금세 울음이라도 터뜨릴 듯한 얼굴로 쫑알거린 바를 종합해 보면 대충 이런 내용이었다.

뒤늦게 제 방에서 나와 그나마 끼적끼적 밥을 먹기에 신경질이 나서 한마디 타박을 했는데, 그래도 아이는 내내 그렇게 시무룩한 얼굴로 아무 말도 하지 않고 밥을 다 먹고 나서 제 방으로 들어가기에, 또 그림이라도 그리려나 보다 짐작하고, 다용도실에 들어가 빨랫감들을 헹궈 세탁기에 넣은 다음, 밥 먹는 데까지 타박한 게 미안한 생각이 들어서, 그 마음이라도 좀 풀어 주려고 방문을 열어 보니까 아이가 없더라…….

나는 뭐 어디 이웃 친구 집에라도 갔겠지 하는 생각이 들었으나, 아내는 그게 아닌 듯했다. 나는 아내와 함께 은영이 방으로 가서 둘러보았다. 은영이가 제 언니와 함께 쓰고 있는 그 방은 늘 그런 것처럼 잔뜩 어질러져 있었고, 방바닥에는 그림 종이들과 크레파스 따위가 그대로 있었다. 나는 그중에서 온통 노란 빛깔뿐인 그림 한 장을 집어 들었다. 그게 내 눈에 얼핏 띄었던 것은 주한 미군 방송 텔레비전 화면을 뒤덮곤 하던 노란 깃발의 잔상 효과 때문이었을는지도 모른다. 그 그림은 이전에 본 적이 없었다. 아마 오늘 새로 그린 것 같았다.

"그게 뭐야? 도대체 그게 뭐야?"

아내는 몹시 불안해하는 낯빛이 되어 징징 우는 소리마저 냈다.

나는 그 그림을 찬찬히 들여다보았다.

은애와 은영이를 키우는 동안 그 또래 아이들과 대화하는 방법을 익혀 온 나는, 그 그림을 멀리, 가까이, 바로, 거꾸로, 그렇게 몇 차례씩이나 위치를 바꿔 가며 들여다보며, 마치 금석학자 같은 탐구적 자세가 되었다. 잠시 뒤에 나는 방바닥에 철퍼덕 주저앉아 그 그림을 판판하게 펴 놓고 내 무릎을 탁 쳤다. 아내는 시답잖아 하는 눈빛으로 나를 멀뚱멀뚱 바라보고 있기만 했다.

"이건 개나리 덤불이야."

나의 자신 있는 말에 아내는 두 눈을 쭉 째기부터 했다.

"그게 온통 노랗다뿐이지 어떻게 개나리예요. 빨갛다고 다 장민가요?"

나는 이미 그림을 판독하는 데 몰두하고 있었으므로 아내의 그런 타박 투 반응을 조금도 마음 거리껴하지 않았다.

"여기 이거 봐. 이건 개나리 덤불 속을 날아다니고 있는 노란 나비야."

나는 그림 오른쪽 위쪽 한 부분을 손가락 끝으로 가리켰다. 자세히 들여다보면 다른 부분의 노란빛보다 조금 더 진하게 칠해져 있었다. 그것은 아무리 보아도 나비 같았다. 물론 아내의 견해는 달랐지만 나는 역시 마음 거리껴하지 않았다. 내가 찾아낸 것은 그것만도 아니었다.

"이것 봐!"

나는 내가 나비라고 생각한 부분 가운데 한 점을 또 가리켰다. 거기에는 주변의 노란 빛깔을 건드리지 않으려고 애를 쓰며 찍어 놓은 붉은 점이 둘 있었다.

"이건 나비의 눈이야."

아내의 눈이 더 쭉 째졌다.

"미쳤어요? 세상에 나비가 눈이 어디 있어요? 당신 눈 있는 나비 본 적이 있어요?"

"아니, 나는 그런 나비를 본 적이 없어."

나는 정직하게 대답했다. 아내의 추궁 투 반문을 듣고 보니, 나비 같은 곤충류는 눈이 없다는 이야기를 들어 본 것 같기도 했지만, 그것은 아무래도 상관없다고 생각했다. 나는 다만 아내처럼 불길한 예감은 갖고 있지 않았으므로 그림을 판독하는 일이 차츰 더 재미있어지고 있었다. 나는 이어 말했다.

"그러나 아이는 나비 눈을 볼 수 있어. 어른은 나비 눈을 볼 수 없지만 아이는 나비 눈을 찾아내서, 망망대해에 작은 섬을 찾아내 해도에다 표시하는 것처럼, 여기다가 이렇게 점을 찍어 표시해 놓을 수 있어. 그게 어른이 따라갈 수 없는 아이의 능력이야."

아내의 눈은 더 째졌고 징징거리는 목소리는 더 높아졌다.

"세상에, 그게 정말 나비의 눈이라면 왜 빨개요? 왜 빨개요? 왜 그래요?"

으응, 그건 정말 그랬다. 그건 나도 알아낼 수 없을 것 같았다. 나는 결국 은영이 그림을 판독하는 데 실패한 사람이 되었다. 아, 노란 나비의 그 눈이 왜 빨갈까? 은영이가 있었으면 멋진 겨루기가 될 수 있었을 텐데……. 나는 눈이 빨간 그 이유가 궁금해 견딜 수 없는 상태가 되었다.

"그건 나도 모르겠는데……."

나는 마침내 항복하듯 그렇게 말했다.

기다려도 은영이는 돌아오지 않았다. 은애가 학교에서 돌아온 다음 우리는 다시 바깥으로 나갔다. 동네는 아내와 은애에게 맡겨 둔 다음 나는 조금 멀리까지 더듬어 보기로 했다. 가다 보니 집에서 100미터쯤이나 떨어져 있는 강변 시외버스 터미널 부근이었다. 여느 때보다 훨씬 더 번화한 그 거리를 바라보고 있자니까 아득한 느낌이 들었다. 설마 하면서도 나는 길을 건너 터미널 안, 여기저기까지 둘러본 다음, 집으로 돌아왔다. 아내도, 은애도 빈손이었다. 아득한 느낌은 훨씬 더 짙어졌다.

집 주위에 어둠이 내리고 기온이 조금 더 내려가기 시작하면서, 아, 나는 그만 내내 그렇게 조바심하고 있는 아내를 닮아 버리기라도 한 것인가, 자꾸 사위스러운 쪽으로만 생각되어, 그렇게 하지 않으려 해도 불안감은 차츰 더 짙어져 가기만 했다. 더러는 가위 눌림까지 경험하게 되는 이런 불안감은 새삼스러운 건 아니었다. 느닷없이 끌려가는 식의 뜻밖의 경험을 몇 차례 한 뒤부터 때로 사로잡히게 되는, 요즘 일상만으로 보자면 관성 같은 것 가운데 하나라 할 수 있는 것이었다.

"파출소에 신고라도 해야지 않아요?"

아내의 말에, 나는 아, 그건 그래, 하고 고개를 끄덕였다. 사실은 아까부터 그 생각을 해 보고 있었는데, 그 파출소라는 데가 선뜻 마음 내키지 않는 곳이어서 머뭇거리는 판이었다.

"당신이 갔다 와."

아내는 또 금세 쭉 째진 눈으로 나를 흘겨보며 톡 쏘기부터 했다.

"아니, 이이가! 그런 건 남자가 하는 거지 여자가 어딜 나서요? 거기가 어디라구요?"

"알았어."

'거기가 어디라구요'하면서 진저리를 쳐 대는 아내의 기분을 이해할 수 있었으므로 나는 군말 보태지 않고 자리에서 일어났다.

바깥은 조금 전보다 더 추웠다. 파출소는 골목을 돌아 나간 그 끄트머리 큰길가에 있었다. 시위대가 던지는 돌멩이나 화염병을 막기 위해 철망을 덧대 놓은 묵직한 문을 열고 들어갔을 때, 마침 자리에 있던 차석이 반갑게 맞아 주었다.

"아이고, 한 교수님께서 이 추운 날 밤에 웬일이십니까?"

그는 나나 내 동생 부류의 사람들이 모든 위험마저 무릅쓴 채 타도하고자 하는 그 체제의 파수꾼이었다. 우리의 적이었다. 그러나 나는 그 사람이 내민 두툼한 손을 몹시 황공해하는 몸짓으로 마주 잡았다. 맞은편 벽에는, 우리가 차라리 죽이고 싶어 하는 그 사람의 사진이 높직하게 받들어 모셔져 있었다.

"요즘 별일 없으시죠?"

차석이 권하는 철제 의자에 앉자, 차석은 그렇게 물었다.

의미심장한 물음이었다. 별일 없이 조용히 있으쇼, 하는 명시적 위협이 느껴지는.

"아, 예 뭐……."

나는 그다음에 좀 주뼛거리며 말머리를 돌려 은영이 이야기를 요약하기 시작했다.

차석이 내 이야기를 받아 적다가 인상착의를 물었다.

나는 집으로 전화를 걸었다.

"아침에 당신이 본 그대로, 그 위에다 빨간 코트를 입고 파란색 실모자를 쓰고 나간 것 같아요. 그 코트와 그 모자가 보이지 않거든요."

아내는 울먹이고 있었다.

아, 이런!

나는 전화를 끊은 다음, 아내의 말 그대로를 차석에게 전했다.

차석은 이 추운 날 그런 차림으로 나갔다는 것을 이상스러워했으나 나는 굳이 설명하려 들지 않았다.

차석은 크게 동정하며, 아이를 찾는 데 최선을 다하겠다는 약속을 했다. 친절한 어조였다. 사실은 비수의 시린 날이 내장되어 있을는지도 모르는 그의 친절이 그토록 고마울 수 없었다.

집에 돌아오니 이웃 엄마들이 아내와 함께 앉아 있었다.

"정말 어떻게 하죠? 만약, 만약에 말이에요……."

아내는 진철이 엄마를 붙잡고 흐느꼈다.

"진정해요. 설마 무슨 일이야 있겠어요."

그러나 아내는 기어코 자기가 두려워하는 그 말을 내놓고야 말았다.

"만약, 만약에 말이에요……, 유괴라도 되었다면."

여기까지 겨우 말하다가 아내는 자신이 한 말에 소스라쳐 놀라며 두 손바닥으로 자기 입을 힘껏 틀어막았다. 아내의 얼굴이 하얗게 식어 내렸다.

내 마음도 차츰 더 불안해지고 있었다. 막다른 골목에 몰려 있는 듯한 절박감이 몰려왔다. 진정하려 애써도 쉽지 않았다. 나는 아내를 위로할 생각도 하지 못한 채 전화기만 멀뚱거리며 바라보고 있었다. 내가 그 순간에 간절히 바라고 있었던 것은 전화를 통해서나마, 그것이 설령 최악의 것이 된다 할지라도, 제발 은영이 소식을 들을 수 있었으면 하는 것이었다.

자정이 가까워서 형이 왔다. 일 때문에 늦게 집에 들어갔다가 이야기를 듣고 달려왔다고 했다. 이웃 엄마들은 자정이 넘자, 안타깝지만 어쩔 수 없다는 듯 모두 집으로 돌아갔다. 이제 형과 우리 가족만 남았다.

자정 전에는 그래도 간간이 전화라도 걸려 오더니, 자정을 넘어서면서부터는 집 안에 괴괴한 정적만 감돌았다. 이런 때는 허탕 칠 게 뻔한 소식이라도 들려올 법하건만, 전화기는 마치 눈독을 들이고 바라보고 있는 사람들을 놀리기라도 하듯 입을 꾹 다물고 있기만 했다. 아내와 은애는 아예 넋이라도 나간 듯했고, 나와 형은 애꿎은 담배만 태우고 있었다.

새벽 4시 40분쯤, 마침내 전화벨이 울렸다.

내가 전화를 받았다.

"거기가 한은영이라는 아이의 집입니까?"

낯선 남자의 목소리였다.

내내 잠겨 있던 기분 때문이었을까.

상대방의 목소리만 듣고도 소름이 돋아 올랐다.

올 것이 마침내 오고야 말았다는 절망감, 막중했다.

내 낯빛이 바뀌기라도 했던 것인가. 내 얼굴을 빤히 바라보고 있던 아내가 금세 까무러치기라도 할 듯한 낯빛이 되었다. 나는 스스로를 채근했다. 어떤 경우에라도 침착하게 대응하여 은영이를 안전하게 돌려받도록 하자. 그 짧은 순간에, 지난날 이런 경우가 비극적으로 끝났던 일들이 한꺼번에 몰려왔다. 나는 그대로 숨이 막혀 버릴 것 같았다. 형이 대신 전화를 받을까 하는 시늉을 지어 보였지만, 나는 수화기를 쥐고 있는 손에 힘을 주며 어금니를 악물며, 그러나 어떻게든 침착하려고 애쓰며 대답했다.

"예, 제가 한은영이의 아버지 되는 사람입니다."

"아, 그러십니까?"

상대방에서는 뜻밖에도 아주 반가워하는 목소리가 되었다. 그게 꼭 함정처럼 여겨졌다. 아내가 다가와서 내 손을 잡아 주었다. 그제야 나는 내 손이 와들와들 떨리고 있다는 것을 알아차렸다. 나는 아내의 손을 굳게 마주 쥐었다.

상대방에서 내가 일단은 안심해도 좋을 이야기들을 해 주었는데도, 나는 스스로를 가라앉히지 못했다. 보다 못한 형이 다가와 수화기를 빼앗듯이 받아 들고 나서야 겨우 상대방과의 대화를 마무리 지을 수 있었다.

"가자."

형은 대화의 내용을 간추려 아내에게 설명해 준 다음, 앞장서 일어섰다.

"저도 가겠어요."

아내가 따라 일어났다.

단호했다.

말릴 새가 없었다.

나는 옷을 걸치며 은애를 바라보았다.

"괜찮아요, 아빠. 엄마와 함께 다녀오세요. 은영이에게는 엄마가 필요할 거예요. 저는 집을 지키며 은영이가 무사히 돌아올 수 있도록 하느님께 기도하고 있겠어요."

은애의 눈빛이 또록또록 빛나고 있었다.

그 눈빛과 함께 반짝반짝 빛나는 것은 은애의 눈물이었다.

나는 은애의 어깨를 힘껏 눌러 쥐어 주고는 서둘러 밖으로 나갔다. 형이 승용차를 가지고 온 것이 다행이었다. 우리는 형의 승용차에 올라탔다. 차가 골목길을 빠져나가 넓은 길로 접어들자, 형은 걸레로 전망창을 닦아 내며 물었다.

"도대체 해남이라는 데가 어디냐?"

전화를 통해 '해남'이라는 소리를 처음 들었을 때 언뜻 찔리는 바가 있었으므로 내가 미처 대꾸하지 못하고 있는 사이에 뒷자리의 아내가 불쑥 대답했다.

"남쪽 끝, 옛날에는 유배당한 사람들이나 가던 곳이에요."

고속도로에 들어서자, 속도계의 바늘이 120을 훽훽 넘어서고 있는데도 아내는 연거푸 등받이 너머로 속도계를 들여다보며 안절부절못했다. 나도 상당한 위험을 느끼고 있으면서도 120이 아니라 220이라도 달려 주었으면 하는 마음으로 발을 동동 굴렀다. 한 촌수 건너이기 때문인가, 형은 아무래도 여유가 있어 보였다.

"걱정하지 않아도 될 거다. 어쨌든 병원이라니까 현재보다 더 나빠지지는 않을 게 아니겠느냐. 또 은영이가 제 집 전화번호를 댈 만큼 회복되었다니까 괜찮은 게 아니겠느냐."

형의 말이 채 끝나기도 전에 아내가 톡 튀어나왔다.

"도대체 그 쪼끄만 게 거기엔 왜 갔죠? 아니, 도대체 거기는 어떻게 갔죠? 서울에서 해남이 어디 이웃 마을인가요?"

아무도 대답하지 않으니까, 아내는 참! 하고 짜증을 내뱉었다. 그래도 시숙 앞이라 많이 참고 있는 빛이 역력했다.

오전 11시쯤, 우리는 해남에 도착했다. 병원은 시멘트 벽돌로 쌓아 올려 평평한 지붕을 한 허름한 2층 독립 건물이었다. 구내에는 승용차 너더댓 대를 주차할 수 있는 공간이 있었다. 대기가 차갑기는 하지만 햇살이 밝게 비치고 있는데도 병원은 마치 건물 전체가 영안실이기라도 한 것처럼 을씨년스러운 분위기를 풍겼다. 차가 멈추자마자 나와 아내는 서둘러 먼저 뛰어내려 병원 안으로 들어갔다. 차림마저 정돈되지 않은 아내는 흡사 실성한 여자 같았다.

우리가 안내되어 들어간 방은 제대로 된 입원실은 아닌 것 같았다. 구급실이나 응급실, 그런 용도로 사용되는 공간 같았다. 거기 허술한 침대 위에 은영이가 조그맣게 구겨진 모습으로 누워 있었다. 아이에 견줘 침대가 너무 커 보였고 침대에 견줘 아이는 너무 작아 보였다. 애달프도록 안쓰럽다는 찰나적 느낌이 나의 심금을 날카롭게 후려치고 지나갔다.

방이 그다지 무덥지 않은데도 은영이가 담요를 걷어차 붙여, 그 사이로 은영이의 차림이 드러나 보였다. 집을 나갈 때와 마찬가지 차림이었다. 잔뜩 구겨진 샛노란 갑사천의 짜름한 원피스와 새하얀 타이츠 여기저기에 얼룩이 묻어 있었다. 그리고 샛노란 그 리본까지도 제자리는 아니었지만 머리에 매달려 있는 채였다. 치마 아래로 톡 드러나 보이는 엉덩이가 다른 때보다 유난스레 더 작아 보였다. 그런 차림으로 흰빛 꾀죄죄한 잇이 덮여 있는 침대 위에 널브러진 채 누워 있는 은영이는 마치 날개를 다쳐서 땅에 떨어진 채, 다시는 하늘을 향해 날아오르지도 못하고 있는 가련한 나비 같았다. 콧속이 맹맹하게 매워 왔고 가슴에는 따가운 기운이 스치고 지나갔다. 눈동자에는 불빛이 번득였고 그것은 곧 심한 어지럼증으로 이어졌다. 이어 눈자위에 화끈한 기분이 와 닿았지만, 나는 침을 꿀꺽 삼켜 치솟는 격정을 억눌렀다. 돌아다보니, 아내는 시퍼렇게 질려 떨고 있었다. 그 눈에 눈물이 줄줄 흘러내리고 있었다.

"배고픔과 추위와 두려움 속에서 아이가 너무 오래 노출되어 있었습니다. 이만한 게 얼마나 다행한 일인지 모릅니다. 특별한 문제는 없을 겁니다. 조금 안정된 다음에 데려가도록 하십시오."

마흔너더댓쯤 되었을 의사는 따뜻하고 부드러운 목소리로 은영의 용태를 설명해 주었다. 나는 이때까지 그보다 더 따뜻하고 부드러운 목소리를 들어 본 적이 없다. 아내는 의사를 향해 되풀이하여 허리를 굽혀 보였다.

"저야 뭐, 의사로서 당연한 일을 한 것밖에 없습니다만, 시외버스 정류장 부근의 그 구멍가게 주인 내외가 참 고마운 분들이십니다. 치하는 그분들이 받으셔야 합니다. 그분들이 아니었더라면 아이가 위험하게 되었을는지도 모릅니다. 그분들은 어려운 생활을 하고 있으시긴 하지만 참 아름다운 마음씨를 간직하고 있었습니다. 처음에 그분들이 아이를 여기 데려왔을 때는 그분들 자신의 손녀라도 되는 줄 알았습니다. 그분들이 얼마나 마음을 써 주시던지, 한참이나 지난 다음에야 사실을 알고 감동하지 않을 수 없었습니다."

아름다운 이야기를 할 때, 사람은 아름다워 보일 수밖에 없는 것일까? 내내 그렇게 따뜻하고 부드러운 목소리로 이야기하는 의사의 그 모습이 한없이 아름다워 보였다.

두어 시간 뒤, 우리는 해남을 떠나기 전에, 시외버스 정류장 부근에 있는 그 구멍가게를 찾아갔다. 병원에서 가까운 곳이었는데, 과일이나 과자 부스러기, 그런 것들을 헙수룩하게 쌓아 놓고 있었다. 나는 그곳을 향해 가며 몇 가지 생각을 해 보기는 했으나, 정작 그분들을 만나서는 짧고 어눌한 몇 마디밖에는, 그리고 아내가 되풀이하여 감사의 뜻을 표하는 것을 바라보고 있는 것밖에는, 뒷날 다른 기회를 기약하고 물러설 수밖에 없었다. 그분들에게 얼마간의 돈으로 인사를 때우려 드는 것은 그분들이 보여 준 아름다움을 오히려 욕되게 하는 일 같았다. 50대로 보이는, 표정도, 말주변도 넉넉하지 못한 그분들은 불그레하게 달아오른 참 순박한 얼굴로 우리를 보내며, 과자와 과일을 종이봉투에 담아 아내의 손에 쥐어 주었다.

"가시다가 입맛이라도 다시세요."

그렇게 말하다가, 그 가게 아주머니는 다시 가게 안으로 들어가 오렌지 주스 하나를 들고 나왔다.

"애기가 목마르다고 하면 이걸 멕이세요."

그 아주머니는 아내에게 자상스레 일렀다. 그 아주머니는 뭔가를 잊었다는 것처럼 다시 서둘러 가게 안으로 들어갔다. 조금 뒤에 그 아주머니가 들고 나온 것은 빨대였다.

"깡통 채로는 누워 있는 애기가 마시기 나쁠 테니까."

그것을 함께 가지고 가라 했다.

아내는 말 잘 듣는 아이처럼, 그 아주머니가 챙겨 주는 대로 고분고분 받으며, 그 아주머니의 거친 손을 움켜쥐고, 그렇게 헤어지는 것을 못내 아쉬워하다가 마침내는 눈물까지 글썽거렸다. 잠시 뒤에 우리는 그분들의 참 송구스러운 전송을 받으며 뜨거운 마음으로 해남을 떠났다.

내가 은영이의 이야기를 들을 수 있게 된 것은 다음 날 새벽녘이었다. 겨우 집에 도착한 뒤에도 제대로 기운을 차리지 못하여 동네 의사가 한 차례 다녀갔다. 아내와 나는 별수 없이 은영이를 안방에 데려다 눕힌 다음, 그 곁에 쭈그리고 앉아 있었다. 나는 그 사이에 인생에 대하여 참 많은 생각을 했다. 특히, 해남의 그 구멍가게 부부가 말없이 실천하고 있는 선에 대하여. 은영이가 시야에서 사라진 뒤부터 되찾기까지가 영겁의 시간 같기만 했다.

새벽녘이었다. 내가 오그린 채 얼핏 잠들었다가 두런거리는 소리에 눈을 뜨니까, 아내가 은영이를 데리고 방에 붙어 있는 화장실에 들어가는 모습이 보였다. 방 안에는 꼬마전구가 밝혀져 있는 상태였다. 화장실에서 아내는 은영이와 무엇인가를 이야기하고 있었는데, 무슨 소리인가 알아들을 수는 없었다. 은영이는 화장실에서 나오며 배가 고프다 했다. 아내는 밖으로 나가, 저녁에 끓여 놓았던 죽을 데워 가지고 들어와 은영이가 먹도록 해 주었다.

은영이는 그것을 다 먹고 또 달라 했다. 아내는 한꺼번에 너무 많이 먹으면 배가 아플 수 있으니까 조금 더 있다 또 먹자고 달랬다. 은영이는 순순히 고개를 끄덕였다.

"엄마, 미안해."

이제는 제정신이 드는 게 확실해 보였다.

나는 잠든 척 누운 채 곁눈으로 그 모습을 잠자코 바라보며 가슴을 쓸어내렸다. 이제는 정말 안심해도 될 듯했다. 나는 눈을 감았다. 참 길고 긴 하루였다. 깊은 잠에 빠져 들게 될 것 같았다.

아내가 끄윽거리는 울음소리를 냈다.

"거긴 왜 갔어?"

아내의 울음 섞인 그 목소리는 아이의 어리광스러운 투정 같았다. 은영이가 엄마 미워, 하며 입술을 뾰족이 내밀 듯이 이번에는 아내가 은영이 미워, 하며 은영이의 볼이라도 꼬집을 것 같은 목소리였다.

곧 은영이 목소리가 울렸다.

그건 노래하는 것처럼 경쾌했다.

"봄이 오나 보러 갔었다아."

나는 속으로 가슴을 쳤다.

아, 이런.

나는 하마터면 비명을 흘릴 뻔했다.

"거기 가면 봄이 보이니?"

아내는 다잡는 듯한 목소리가 되었다.

"아빠가 봄은 남쪽 해남 바닷가에 와서 손을 씻고 있다고 그랬다아. 그래서 나는 거기 가서 봄도 보고 아지야도 보고, 그러고 싶었다아."

나는 두 눈을 질끈 감았다. 아내의 매운 눈길이 내 얼굴 어디쯤에라도 와 콱 박힐 것 같았다.

"거기까진 어떻게 갔어?"

"뿡빵뿡빵 버스 타고 갔다아."

"버스는 어떻게 탔어?"

"그건 몰라, 나도 몰라."

아내의 끄윽하는 울음소리가 더 높아졌다.

"엄마, 미안해. 정말 미안해. 울지 마."

은영이는 제 엄마를 달랬다.

거기까지였다.

나는 깊은 잠에 빠져 들어갔다.

그날 밤에 나는 은영이와 함께 샛노란 개나리꽃 덤불에서 노란 나비를 잡으려고 뛰어다니다가 개나리 가지에 얼굴을 긁히는 천연색 꿈을 꾸었다.

사흘이 더 지난 뒤에야 나는 은영이와 마주 앉을 수 있었다.

은영이는 온통 샛노란 빛깔뿐인 그 그림을 들고 와서 나에게 보여 주었다. 은영이가 그림 따위를 보여 줄 때 내가 주의해야 할 것은, 그것이 무엇인가를 알아맞히는 일이었다. 은영이가 그리려 했던 것을 제대로 알아맞혀야만 '아빠 최고'라는 칭찬을 듣게 되고 더불어 은영이 기분도 좋아진다. 만일 틀려 버리기라도 하는 날이면 나는 '바아보 아빠'가 됨과 더불어 은영이는 슬픈 낯빛을 짓게 된다.

나는 은영이가 들고 있는 그림을 마치 처음 보는 것처럼 능청을 부리며 두리번거리다가 정답으로 향하는 길목을 하나하나 짚어 나가기 시작했다.

"보자아. 이것은, 그렇구나, 개나리꽃 덤불이 틀림없구나."

은영이는 정답은 아니지만, 맞기는 맞다는 것처럼 고개를 끄덕여 주었다. 나는 두리번거리기를 계속했다.

"그리고 요건 노란 나비 한 마리네."

나의 말에, 은영이는 어떻게 그런 것까지 알아맞혔느냐는, 그래서 놀랍기 짝이 없다는 낯빛을 지으며 깜짝 기뻐했다. 이제 조금만 더 나아가면 칭찬을 받게 되리라는 기대를 가지고 나는 한 걸음 더 나아갔다.

"거기다가 나비 눈까지 있네, 두 개나."

은영이는 한 번 더 기뻐하며 몸을 바르르 떨기까지 했다. 그러나 은영이는 곧 낯빛을 가다듬으며, 어린아이에게 뭔가를 가르치려는 엄격한 엄마의 얼굴이 되어, 나를 향해 똑똑히 들으라는 눈빛으로 말했다.

"이건 개나리꽃 덤불이 아니라 개나리 꽃구름이에요."

아, 이런!

나는 은영이의 상상력을 흉내라도 내 보려 했다.

이게 덤불이 아니라 꽃구름이라니…….

내가 눈을 끔벅거리며 그림을 들여다보고 있으려니까, 정말 놀랍게도, 뭉게뭉게 피어오르고 있는 개나리 꽃구름이 보였다. 거기에는 화사하고 다사로운 봄볕이 비치고 있었다. 나는 또 볼 수 있었다.

노란 나비 한 마리가 부드러운 날갯짓을 나울나울 되풀이하며 꽃구름 속을 날아다니고 있었다. 어찌 보면 꽃구름에 아예 스며들거나 섞여 버리기라도 한 것처럼 나비가 보이지 않다가, 또 조금 더 들여다보고 있노라면, 나울나울거리는 나비의 날렵한 날갯짓이 내 눈앞에 떠올라 와, 나의 가슴에 안온한 기쁨을 깜박깜박 점찍어 갔다. 나의 가슴은 금세 훈훈해졌다. 나는 슬그머니 고개를 돌렸다. 그래도 눈부시게 샛노란 빛깔의 꽃구름 속을 나울나울 날아다니는 노오란 나비의 날갯짓은 나의 가슴으로부터 떠나려 들지 않았다. 그때 나는 비로소 은영이가 돌아오면 물어보아야겠다고 벼르고 있던 의문이 생각났다. 나는 고개를 끄덕거리며 은영이를 향해 말했다.

"그렇구나. 이건 정말 개나리 꽃구름이구나. 그리고 거기에 노오란 나비 한 마리가 나울나울 날아다니고 있구. 그런데 나비 눈이 왜 빨갈까아? 아빠는 그것만은 정말 알 수가 없네에."

나는 그것을 몰라서 정말 안타깝다는 시늉을 지으며 목을 외로 꼬아 보였다. 은영이는 이내 기가 팔팔 살아 올랐다.

은영이는 세상에 그런 것도 모르는 어른이 어디 있느냐고, 나를 아주 깔보는 눈빛을 지어 보였다. 그래도 나는 부끄러워하지 않고, 응, 그것만은 정말 모르겠는걸, 그러니까 은영이가 좀 가르쳐 주면 고맙겠어, 이렇게 사정하는 투로 말하며 은영이의 조그만 눈을 바라보았다. 은영이의 그 눈이 반짝 빛났다.

"그거언……."

은영이는 또 어린아이를 가르치려는 엄격한 엄마의 얼굴이 되었다.

"나비가아 봄이 오기를 너무 기다리다 지쳐서 눈이 빠알개진거야아."

아, 이런!

나는 마침내 감탄했다.

아이의 상상력을 흉내라도 내 볼 수 있는 어른이 이 우주 어디에 있을 수 있으랴 싶었다. 나는 은영이의 작고 여린 손을 끌어당겨, 그 조그만 몸을 내 품에 담았다.

"은영이는 어서 봄이 와서, 새 학교에 입학하여, 새 동무, 새 선생님을 만나, 즐겁게 놀며 공부하고 싶은 거지?"

은영이는 고개를 크게 끄덕이며 나의 품을 마구 파고들었다. 격정이 거세게 치밀어 올라오는 듯했다.

"그리고 아지야도 보고 싶구."

은영이가 쫑알거렸다.

"그래, 조금만 더 기다려라."

나는 은영이를 더 꼬옥 껴안았다.

"그러면 심술쟁이 바람이 아무리 훼방을 놓는다 할지라도 곧 봄이 되어 개나리꽃이 피고, 나비들이 나울나울 날아다니게 될 거다. 그러면 우리 은영이는 새 옷 입고, 새 학교에 가서, 새 동무, 새

선생님 만나서, 아주 재미있고, 아주 즐겁게 지내게 될 거다."

"아지야는?"

"물론 아지야도 돌아와서, 학교도 열심히 다니구, 우리 은영이 동무도 해 주고, 그럴 거다."

나는 노래하듯, 그리고 기도하듯 그렇게 말하며, 은영이의 조그만 엉덩이를 투닥투닥 두드려 주다가, 이번에는 정말로 노래를 부르기 시작했다.

나비야 나비야 이리 날아오너라…….

은영이는 입매를 예쁘게 하여 노래를 따라 부르다가, 신명이 짚여 가만히 있을 수 없다는 것처럼 내 품을 살며시 빠져나가 날렵한 몸짓으로 나울나울 춤을 추기 시작했다. 나는 내 인생에서 참으로 친한 사람 하나와 마음을 통할 수 있게 되어 마냥 즐거워할 수밖에 없다는 홍겨움으로, 제대로 감정을 잡아 나비야 노래를 새로 시작했다. 은영이 춤은 이어졌다.

날개의 상처를 고친 나비가 향훈 가득히 스민 봄 하늘을 향해 부드러운 날갯짓으로 다시 날아오르는 듯한 은영이의 춤은, 은영이가 애타게 기다리고 있는 봄을 부르는 간절한 기도의 몸짓 같아서 바라보고 있기에 마음이 아슬아슬해지기까지 했다. 그러나 나는 잠자코 노래를 부르며, 은영이의 그 기도 위에, 내가 기다리고 있는 또 하나의 봄을 위한 기도도 얹어 보려 했다. 그런 나의 마음 또한 은영이의 기도 못지않게 간절할 수밖에 없었다.

별로 힘들이지도 않고, 다만 가벼이 가벼이 나울나울거리고 있는 듯한데도, 은영이의 보송보송한 이마에는 땀 기운이 엷게 내뱄다. 은영이가 자신의 기도를 위해 혼신의 힘을 다해 춤을 추고 있는 게 분명해 보였다. 이 세상에, 또는 저 하늘이나, 또는 지층 그 밑, 어느 곳에든, 인간의 기도를 들어주는 신이 정말 있다면, 저 여리고 순결한 영혼이 혼신의 힘과 정성을 다하여 바치고 있는 저토록 간절한 기도를 들어주지 않고 어이 배겨 낼 수 있으랴 싶었다. 나는 다만 자기가 기다리는 봄을 위한 기도만으로도 저토록 열심일 수 있는 나이의 은영이가 부러웠다.

언제부터였던가, 아내는 문 앞에 서서, 나와 은영이를 바라보고 있었다. 발갛게 상기되어 있던 그 얼굴에 착잡해하는 기운이 드리워지기 시작했다. 나는 그 시간, 아내의 마음에 흐르고 있는 사념의 전부를 마치 내 손바닥을 읽듯 환하게 헤아려 볼 수 있는데도 참으로 엉뚱하게도, 그 어느 때보다도 더 편안하고 행복한 웃음을 싱긋 웃어 보였는데, 아내는 화답해 주려 하지 않은 채, 다만 나를 물끄러미 조금 더 바라보고 있기만 하다가, 끝내 얼굴을 돌려, 나의 시야에서 사라져 가 버리고 말았다. 그다음 순간, 나는 저 어쩔 수 없는 비애의 정조에 사정없이 젖어 들어갈 수밖에 없었다.

나는 창밖으로 눈길을 돌렸다. 잿빛 구름이 덮여 있는 하늘이 낮게 드리워져 있었다. 절기만으로는 그 하늘에 지금쯤, 비록 열은 것이라 할지라도 봄기운이 흐르고 있어야 마땅할 듯한데, 아무리 보아도 그건 한겨울의 그 하늘과 조금도 다를 바가 없어 보였다. 나도 은영이의 조바심을 그만 닮아 버리기라도 한 것일까. 심술쟁이 바람보다도 더 심술궂으면서도 힘센 그 무엇이 이 세상에 있어서, 대지를 따뜻하게 데워 봄을 피어나게 할 해님의 얼굴을 마냥 가리고만 있을 듯한 불안감을 못내 떨쳐 버릴 수가 없었다. 나는 이제 어린 은영이의 품을 파고들며 투정이라도 부려 보아야 할까 보다 하고 생각했다. 그러면서도 나는 어떻게든 그 하늘에서 봄기운을 찾아내고야 말겠다고, 그 하늘로부터 눈길을 거둬들이지 못하고 있었다.

『문학사상』, 1986년 5월호.

출구

그는 살갗이 가무잡잡하고 몸집이 통통한 편이었다. 양쪽 볼 아랫부분에는 살 한 점씩을 따로 붙여 놓기라도 한 것처럼 볼록했고, 가늘게 열려 있는 눈은 쥐의 그것처럼 내숭스러운 빛을 내며 반짝거리고 있었다. 마흔서넛쯤, 한낱 계장으로서는 좀 늙었다 싶은 나이……, 굳이 따져 보기로 하자면 일촉즉발의 위기라 할 수 있을 만큼 밭은 상황이었지만 나는 이런 것들을 찬찬히 살펴볼 수 있을 만큼 여유가 넉넉했다. 더러 이런 게임도 해 볼 만하구나 싶었다.

"어떻게든 되는 길이 없겠습니까?"

나는 한껏 간청하는 투를 애써 꾸며 한 번 더 물었다.

"없습니다."

그는 어떻게든 자신의 권위를 불려 나타내려 애쓰며 잘라 말했다.

"하늘이 두 쪽 난다 해도 안 된다 말씀이죠?"

"그렇다니까요."

그는 짜증 투로 조금 더 솟아올랐다.

약발을 잘 받는 체질 같았다.

"만일 말입니다……."

나의 장난 투는 조금 더 나아갔다.

"제가 회사에 돌아가서 계장님께서 지금 말씀하신 그대로, 어떤 경우에도 될 수 없다, 이렇게 보고했는데, 회사에서 다른 경로를 통해 알아 봐서 된다 했을 때는 저는 아예 골로 가는 게 되는데요. 아시다시피 양놈 회사라는 거는 아주 더럽거든요."

나는 제법 익살스러운 낯빛을 지어 엄살을 피워 보였다.

그쯤에서 그는 거의 노골적으로 불쾌해하는 낯빛이 되었다. 나를 바라보는 눈길에 적의가 이글거리고 있었다. 살의마저 느껴졌다. 바로 내가 겨냥하는 현상이었다. 상황은 조금 더 재미있어지는 중이었다. 그를 어떻게든 긁어서 적어도 이 건에 대해서는 죽어도 해 줄 수 없다는 결심을 굳게 하도록 해야만 했다. 꼭 그래야만 했다. 내가 나의 일에 대해 이토록 열심이었던 적은 없는 것 같았다. 그의 심사를 조금 더 긁기 위한 심리적 전술로서, 내가 빤히 바라보는 사이에 그는 마침내 의자를 홱 돌려 버렸다.

그 뒷자리의 과장이 멀끔한 눈길로 이쪽을 바라보고 있었다. 이른 아침부터 무슨 일들이야, 그런 눈빛 같았다. 나는 과장 책상 위의 명패를 눈여겨봐 두었다.

"계장님, 감사합니다. 그만 돌아가 보겠습니다."

나는 그의 엇비슷한 옆모습을 향해 고개를 꾸벅해 보였다. 그는 돌아다보지도 않았다. 나의 꼴을 보기도 싫게 된 듯했다. 그럴수록 내 기분은 더 좋아졌다. 관청 출입 10여 년에 이런 기분은 처음이었다. 나는 곧 밖으로 나왔다.

김포의 하늘은 그랬다. 티 없이 맑았고 햇볕이 쨍쨍했다. 오늘도 푹푹 삶는 날씨가 될 건 뻔해 보였지만 내게는 그것마저 기분 나쁘게 여겨지지 않았다. 나는 주차장으로 가서 차에 올라타 시동을 걸자마자 마치 속도를 즐기기라도 하듯 냅다 몰아 여의도에 있는 회사를 향해 치달리기 시작했다.

회사에 도착하여 지하 주차장에 차를 대는 길로 엘리베이터를 타고 8층으로 올라가 잉거햄의 방을 향하는 내 발걸음은 의기양양했다. 그러나 잉거햄의 널찍한 방에 들어서면서 내 표정도, 내 발걸음도 달라져야 했다. 이를테면, 거 보슈, 이런 따위 눈빛은 절대적으로 삼가야 했다. 나는 그토록 어수룩하지 않았다. 그의 심사를 건드려 놓아 내게 유리할 게 조금도 없었다. 나의 내심이야 어떻든, 나로서는 최선을 다해 보았지만 유감스럽기 짝이 없게도 의도한 대로 되지 않았다, 적어도 겉으로 드러내 보이는 태도는 마땅히 이래야 했다.

나의 보고는 끝났지만 잉거햄은 여유작작했다. 조금도 기분 언짢아하지 않았고, 난감해하는 것 같아 보이지도 않았다. 그보다는 오히려, 네가 그런 답을 가지고 나타나리라는 것을 미리 헤아리고 있었다, 그런 낯빛 같아 보이기도 했다.

"오우케이, 미스터 파앙."

그는 나에게 소파를 권했다. 그의 발성 조직에 실려 소리가 되어 나오는 내 성을 들을 때마다 이상스럽기만 하다. 아무래도 '팽'이라는 소리는 내지 못하는 듯, 언제나 '파앙', 그 비슷한 울림이 되곤 하는데, 내가 그것을 바로잡아 주려고 애쓰다 보면, '피융', 이런 식으로 총알이 빗나가는 소리처럼 되기도 한다. 나는 그가 권하는 소파에 앉았다. 그는 짤막하고 투실투실한 목을 왼쪽으로 한 번, 오른쪽으로 한 번 꺾어 본 다음에 입을 열었다.

"당신이 만났던 그 사람이 어떤 일을 하는 사람이오?"

"우리나라에 입국하는 외국인의 자격을 심사하여 허가, 또는 거부하는 권한이 있는 사람이었습니다."

"직위는 뭐요?"

"과장입니다."

나의 거짓말은 과장 책상 위의 명패를 눈여겨볼 때 이미 준비된 것이었다.

"콰창?"

그는 우리말로 그렇게 되뇌며 고개를 뒤로 젖혀 천장을 잠깐 치켜보았다. 과장이라는 직책에 있는 사람의 무게를 달아보는 듯했다. 콧구멍이 유난스레 크고 깊어 보였다. 늘 그렇기는 하지만 코털 손질은 아주 잘 되어 있었다. 무게 달아보기를 끝낸 듯, 그의 눈길이 나를 향해 내려왔다.

"그 위에 있는 사람을 만나 봐도 안 되겠소?"

"무슨 뜻입니까?"

"오우케이, 미스터 파앙."

그는 처음부터 새로 시작하자는 낯빛이 되어 내게 담배를 권했고 라이터도 켜 대 주었다. 나는 조금 떫은 기분이었지만 내색하지 않았다. 중요한 것은 기분이 아니라 궁극의 승부다, 그렇게 생각하며.

그가 물었다.

"당신이 만난 과장 위에 누가 있소?"

"국장이죠."

"그 위에는?"

"차관보겠죠."

그가 번연히 알고 있으면서도 묻는 거였지만 나는 마음 거리껴하지 않고 또박또박 대답했다.

"그다음에는 차관, 장관, 이렇겠군. 그렇지 않소?"

"맞습니다."

"그중에서 말이오, 누굴 만나면 이 미묘한 문제의 해결을 도모해볼 수 있겠소?"

'미묘한'이라는 표현에서 나는 하마터면 실소를 터뜨릴 뻔했다.

정말 그렇기는 했다. 이건 참 '미묘한' 문제였다. 더러는 잉거햄 마누라의 생리 문제까지도 돌봐 주지 않으면 안 되는 경우가 없는 바는 아니지만, 이것도 역시 이야깃거리랍시고 말하기가 좀 쑥스러울 만큼 미묘했다. 그랬기에 어떻게든 틀어 버리고 싶은 내 마음은 조금이나마 더 굳세어질 수밖에 없었다. 또한 잉거햄, 그를 조금이나마 더 놀려 주고 싶은 마음도 역시.

"이 문제에 관한 한, 누굴 만나도 어떤 경로를 거쳐도 안 된다고 했습니다. 법적으로 명확한 규제 사항이기 때문에."

나는 득의만만해졌다.

그러나 그는 포기하지 않았다.

"대통령이 지시해도?"

"물론이죠. 대통령의 권능도 법 테두리 안에서죠."

"그렇다면 말이오, 이 나라에서 대통령보다 더 강력한 것은 뭐가 있소?"

그는 또 그렇게 물었다. 내내 여유작작한, 그런 얼굴이었다. 얼굴 가득 웃음을 띠어, 두툼한 입술이 반달형으로 크게 휘고, 우뚝 솟아올라 있는 매부리코는 아래를 향해 조금 처져, 내게 보이는 그의 콧구멍 너비가 조금 좁아졌다.

"무슨 말씀이십니까?"

나는 그가 말장난을 즐기고 있다는 것을 눈치 채기는 했으나 그 장난질에 박자 맞춰 화답할 수는 없었다. 그가 기대하고 있는 답을 종잡아 볼 수도 없기는 마찬가지였다. 짧은 영어 실력으로 그네들과 이야기할 때 일쑤 당혹하게 되곤 하는 경우가 바로 이런 거였다. 의사소통은 겨우 된다 할지라도 정서의 교감은 전혀 가능하지 않은 그런 상태. 결국은 언어로 말미암은 이럴 경우에 당혹해 해야만 하는 것은 언제나 이쪽이어야 한다는 것이 그네들과의 관계에서 이루어져 있는 불평등한 질서 가운데 하나였다.

자못 당혹해 하면서도 그것을 어떻게든 숨기려 드는 나의 속내를 읽어 버리기라도 했던 것일까? 그는 조금 더 즐겁게 이기죽거리는 낯빛이 되었다. 그다음에 스스로 답하듯 툭툭 퉁겨 올렸던 말이, 탱크, 마니, 깃쌩, 그런 것들이었다. 그다음에 그는 웃핫웃핫하고 크게 웃어 젖혔다. 그의 콧구멍이 너비 그대로 떠올라오며 벌름거림까지 곁들여졌다.

나는 잠자코 있었다. 이럴 경우 내 얼굴은 영락없이 원숭이의 그것과 비슷하리라 생각하며. 그사이에 그의 웃음이 차츰 스러지며 나를 향한 눈길이 이윽해졌다. 조금 뒤, 그 얼굴에 조금 전과는 다르게 음흉스러워 보이는 웃음이 떠올라 왔다. 나는 그 웃음의 의미를 읽어 낼 수 있었다.

"알잖소, 미스터 파앙. 이 나라 정부에서는 되는 일도 없고 되지 않는 일도 없다는 것을."

이런 거였다.

그의 이런 이기죽거림은 실증적으로 옳았다.

멀리는 그만두고라도 지난번 덕소 공장 부지 문제를 해결했던 경우만 해도 그랬다.

공장 확장은 저지난해부터 추진해 왔던 거였는데, 문제는 부지 확보였다. 공장 주변에 빈 땅이 있기는 했는데 그 지목이 '임야'로 되어 있었다. 그린벨트이기 때문에 지목 변경이 가능하지 않았다. 문제는 그것만도 아니었다. 상수도 보호 지역이기 때문에, 수도권 방위 목적상……, 이렇게 하나하나 기억할 수도 없을 만큼 많은 장애물들이 가로놓여 있었고, 적어도 그 처음에는 그 하나하나가 완강했다. 아무래도 일이 되지 않을 것 같았다. 가는 데마다 '절대로' 안 된다고 했다. 그러나 말 못할 우여곡절들을 허다하게 겪게 되기는 했지만, 스물 몇 가지나 되는 허가들은 결국 이쪽에서 의도한 꼭 그대로 되었다. 이 나라에서 기업이 하려고 마음먹어 되지 않는 일이 없다는 말을 증명한 셈이 되겠는데, 그 하나하나의 허가를 얻어 올 때마다 잉거햄은 그 서류에 찍혀 있는 정부의 벌건 도장을 들여다보며, 그 도장은 자신이 홍콩에 있을 때 중국인 점쟁이로부터 받은 부적과 비슷하다면서 씨익 웃어 보이곤 했다. 그러면 나는 그 웃음에 능동적으로 호응하여 마치 무용담이라도 발표하듯 그 허가 하나하나를 얻어 내기까지 내가 바쳐야 했던 수고와 내 상대가 되었던 공무원의 형편없는 부패를 사실보다 더 튀겨 이야기하곤 했다. 그가 어떻게든 이기죽거리고 싶어 하는 우리나라의 현실을 그와 함께 이기죽거려 즐기기라도 하듯.

그런데 이번만은 내 기분이 그렇지 않았다.

문제가 하도 '미묘한' 것이기 때문이었을까?

나도 내 심정을 잘 설명할 수 없지만 이번만은 어쩐지 어떻게든 틀어 버리고 싶었다.

스스로 생각해 보기에도 나는 민족의식이니 하는 것이 나의 정신세계에서 자취도 없이 휘발되어 버린 지 이미 오래여서, 내 민족의 형편없는 면을 이기죽거려 대기에 이골이 난 터였고, 명예든 돈이든, 내게 이익이 될 만한 게 있다면, 그 이익이 아무리 사소하고, 그로 말미암아 내 나라, 내 민족이 입게 되는 손해가 아무리 엄청나다 할지라도, 그 손해에 대하여 생각해 보았던 적은 거의 없는 것이나 마찬가지였다. 우스개처럼 더러 해 보는 생각이었지만, 합작 회사에서 밥 빌어먹기 딱 알맞은 체질이었다. 그런데 어찌 된 일일까? 이번만은 정말, 이 나라에도 '안 되는 것은 역시 안 되는 것이다'라는 것을 본때 좋게 증명해 보이고 싶었다. 되나 안 되나, 사실은 별것도 아닌 일에 승부를 걸고 있는 내 꼴이 우스꽝스러워 보이기까지 했으나, 괜한 고집일까, 나는 포기하고 싶지 않았다.

"국장을 만나 보아 주겠소?"

여느 때와는 다르게, 제 웃음에 호응해 주지 않고 있는 내 얼굴을 건너다보던 그는 그렇게 말했다. 그의 말은 표현이야 정중하게 간청하는 투였지만 내용은 명령조였다. 그러면 될 거요. 그는 이 말을 덧붙이지는 않았지만, 그렇게 되리라는 쪽으로 확신하고 있다는 빛을 굳이 감추려 들지는 않았다. 나는 약간 굳어졌다. 어떻게든 유연성을 유지하려 애써도 잘 되지 않았다. 승부욕에 지나치게 매달려 있었던 것이었을까?

"한국 정부의 국장이란 그렇게 쉽게 만날 수 있는 존재가 아닌데요."

나는 그렇게 버텼다.

그럴수록 그는 더 유들유들해졌다.

단단히 믿는 구석이 있는 것 같은 낯빛이었다.

"내가 요청하는 것이라 하시오."

나는 실소를 애써 참았다. 그 뒤에 바투 이어졌던 심한 아니꼬움도. 이 빌어 처먹을 양키 새끼, 한국 정부의 관리들을 장기판의 졸로만 알고 있군 싶었다.

"콘티넨털 일렉트로닉스라 하구……."

내가 내면 수습을 위해 잠깐 머뭇거리는 사이에 그는 그렇게 덧붙였다.

나는 하마터면 콧김을 내뿜을 뻔했다.

갈수록 태산이다 싶었다.

세계에서도 알아주는 경제 잡지인 『포춘』 선정 세계 100대 기업 가운데 상위 20에 들어간다는 것을 굳이 들먹거리지 않는다 할지라도, 콘티넨털 일렉트로닉스는 미국의 대표적 다국적 기업 가운데 하나였다. 그 위세가 어느 정도인가를 알아보려면 주한 미국

영사관에 가 보면 된다. 한국인에 대한 비자 심사가 까다롭기로 이름난 곳이지만, 콘티넨털 일렉트로닉스에서 투자한 콘티넨털 일렉트로닉스 코리아 직원이라는 서류 하나만 붙이면 재깍 비자가 나온다.

"예를 들어 말입니다……."

나는 아무래도 지나친 게 아닌가 조바심하며 조금 더 나아갔다.

"미국 정부의 국장을 쉽사리 만날 수 있습니까?"

목에 핏대를 숨기기는 했지만 나로서는 온갖 안간힘을 다한 것이나 마찬가지였는데, 그는 차츰 더 유들유들해지고 있기만 했다.

"우리는 미국에 있지 않소."

그의 대꾸는 간단명료했다.

사태가 이쯤에까지 이르자, 나의 고집은 어떤 대가를 치르게 된다 할지라도 이번 일은 꼭 되지 않도록 해야겠다는 오기 쪽으로 옮아갔다. 일이 되도록 하기는 쉽지 않지만, 안 되게 하는 거야 그게 뭐 어려울 게 있으랴 하고 생각하면서. 이것은 내가 하려고만 든다면 승부는 너무나도 빤해 보였다. 잉거햄은 나에게 막강한 존재였다. 그가 세계 최강인 미국 국적을 가지고 있는 사람이라는 게 그랬고, 이 회사의 부사장으로서 내 목을 잘랐다 붙였다 할 수 있는 절대권자라는 면에서도 역시 마찬가지였다. 나는 그런 잉거햄을 내 생애 단 한 번이나마 정말 꼭 이겨 보고 싶었고 이길 수 있다고 확신했다. 이럴 때 중요히 여겨야 하는 것은 승부의 모양새가 아니겠는가. 나는 짐짓 느긋함을 꾸며 적당히 퉁겼다.

"저는 그렇게 현명하지 않은 노력은 아예 하지 않겠습니다."

나는 모처럼 만에 줏대 반듯한 표현을 내 입 밖으로 내놓을 수 있게 된 것을 속으로 은근히 기뻐했다. 상당히 모험적인 대화를 하고 있다 싶어 조금쯤은 옴찔거려지기까지 하면서도 기분은 자못 괜찮았다. 정신 건강을 위해서 앞으로 드물게나마 일부러 만들어서라도 줏대를 빳빳이 펴 보도록 해야겠군. 이런 사념을 머금어 보게 되었던 것도 그런 까닭에서였으리라. 그러나 잉거햄도 만만치 않았다.

"당신이 원하지 않는다면 내가 직접 만나겠소. 약속만 해 주시오."

윽박지르는 듯한 말투였다.

내친김이었다.

나는 즉답했다.

"아세요? 국장 정도의 고위 관리를 만날 약속이란 글쎄 쉬운 게 아니고, 또 그런 종류의 약속이라면 당신 비서가 해도 될 일이 아닙니까? 저는 지금 과천 정부 청사에 가 봐야 합니다. 폐수 처리 시설 때문에. 약속이 되어 있거든요. 그쪽 관리들과."

그것은 그도 알고 있는 내용이었다. 상수도원으로서 팔당댐 오염 문제가 언론에 보도되기 시작하면서 관청에서는 익히 길들여져 있는 습관대로 대뜸 촉각적이 되었다. 면에서, 군에서, 도에서 서로 다투듯 당장 요절이라도 내 버리고야 말 것처럼 설쳐들 댔다. 어디 그뿐일 수 있는가. 중앙 정부의 관련 부처에서도 마침 잘 걸려들었다는 것처럼 오라 가라 하기 시작했다. 그 바람에 회사 경영층에서는 그 대책으로 말미암아 고심하고 있는 판이었다. 우선순위가 당연히 앞이 될 수밖에 없었다. 그러나 오늘 내가 과천에 가려는 것은 사실은 그 때문은 아니었다.

그의 얼굴에서 예의 그런 웃음기가 사라진 것은 아니었으나 눈빛만은 내가 확실히 느낄 수 있을 만큼 바뀌어졌다. 사해동포주의니 하는 것은 어디에 가져다 놓으나 허울뿐일 수밖에 없는 것. 자비심이니 여유니 너그러움이니 하는 것도 확고한 지배 의식이나 우월감의 소산일 수밖에 없다. 자신의 자존감이 건들렸다는 노여움이 그 눈빛에 아른거리고 있었다. 한국 놈이, 유색 인종이, 감히 미국인에게, 백인종에게……, 그런 빛.

그도 충분히 노회했기에 그런 기운이야 내비칠 듯 말 듯 여린 것이기는 했으나, 어찌하랴, 이 바닥에서 10여 년 세월을 바쳐 가며 산전수전 다 겪다시피 하여 가능할 법한 모든 눈치에 잘 길들여져 있는 내가 그 정도를 놓칠 리는 없었다. 그러나 나는 조금 전과는 다르게 그다지 조바심하지 않았다. 그보다는 걸핏하면 '콘티넨털 일렉트로닉스'나 들먹거리는 그의 형편없는 우월감을 이번 기회에라도 좀 다스려 놓아야겠다, 오로지 그 생각뿐이었다.

"오우케이, 미스터 파앙."

그는 어깨를 으쓱해 보이고는 그 대화를 끝내 주었다.

나는 자리에서 일어났다. 그런데 그가 마지막에 내보인, 벼르는 듯하던 그 눈빛만은 아무래도 마음에 켕겼다.

짜식, 너무 알아도 병이란 말이야. 너무 모른다는 것도 답답하기 짝이 없는 노릇이지만…….

나는 툴툴거렸다.

내가 그동안 그래 봐야 밥벌이를 위하여 보아 온 미국인이 모든 미국인의 전형이 될 수는 없겠지만, 내가 이해하고 있는 미국인은 적어도 우리 눈으로 보자면 대체적으로 쩨쩨하고 겁이 많다. 쩨쩨한 것부터 쳐 보자면, 우리네보다 수입이 열 곱절쯤은 되는 그네들이, 예를 들어 포커 판에서 100달러만 잃어도 얼굴빛이 노랗게 변한다. 그네들보다 수입이 10분지 1쯤밖에 되지 않는 우리는 하룻밤에 따든 잃든 500달러 상당쯤은 돈이 들고 나가야만 노름하는 맛을 느끼게 되는 것과는 딴판으로 다르다. 술을 마셔 봐도 그렇다. 우리는 폭탄주를 마셔야 성이 차는데 그네들은 칵테일 한 잔을 들고 여러 시간을 노닥거린다. 명색 사내자식들이 제 여편네가 쓰는 돈 한 푼 두 푼까지 따지고, 예금 통장과 수표책을 아예 속주머니에 늘 넣고 다니는 것은 또 어떤가?

겁이 많은 것으로 따져 보자 해도 역시 그렇다. 다른 것은 다 제쳐 둬 버리고 '법'에 대한 태도만 한번 짚어 보자면, 우리네야 법이 안 된다 하면 우선 빠져나갈 구멍부터 찾고, '금지' 팻말이 세워져 있으면 일부러라도 넘어 보고 싶은 충동을 느끼곤 하고, '법대로' 라고 할 경우 댓바람에 코웃음부터 핑 날려 버리곤 하는데, 그네들에게 있어서 법이란 곧 알아 모시지 않으면 안 되는 신줏단지나 마찬가지다. '법' 앞에서는 지레 겁을 집어먹고 설설 긴다고나 할까? 어느 정도냐 하면 비싼 대가를 지불해야 하는 고문 변호사의 '법적 의견'이 없으면 한 발도 움직이려 들지 않는다. 사사건건 밥맛 떨어지게 하는 박이라는 희떠운 친구가 하나 있는데, 녀석의 말대로라면 그것은 바로 미국의 대표적 철학인 프래그머티즘의 소산으로, 그네들이 얼마나 합리적인가를 뜻한다는 것이지만, 나로서는 그네들의 그런 모습이나 박의 소견 따위, 양편 모두가 가소롭기 그지없을 뿐이다.

그런데 잉거햄은 다르다.

교활하고 음흉스럽다는 면에서 우리네보다 오히려 한술 더 뜨는 쪽이라고나 할까? 그가 콘티넨털 일렉트로닉스 코리아의 상임 부사장으로 부임한 것은 이제 두 해째지만, 도쿄, 홍콩, 싱가포르, 마닐라 등 아시아 지역에서만 15년을 일해 온 그는 서울에서도 콘티넨털 일렉트로닉스 서울 주재 대표로서 1979년부터 1982년까지 근무했던 적도 있는 '아시아통', '한국통'으로서, 적어도 아시아나 한국에 대해서라면 속속들이 꿰뚫고 있는 편이었다.

제 모습을 제 자신은 제대로 볼 수 없다는 면에서 그는 우리네보다 우리네의 참 모습을 더 잘 알고 있다 싶은 경우까지 있을 정도였다. 그는 결코 쩨쩨하지 않았고 겁이라는 게 없었다. 그뿐인가. 대개의 외국인이 이 나라의 정치적 현실에 대해서는 일부러 입도 떼려 들지 않으려는 데 견줘, 그는 작은 일까지도 즐기듯 이기죽거려 댔다. 그런 그에게 한국의 정치적 현실은 황금 광맥이나 마찬가지였다.

그는 자신이 머물렀던 아시아의 여러 도시들 가운데 도쿄를 제일 싫어하고 서울을 가장 좋아했다. 도쿄는 사람 값과 물건 값이 비싸, 운전기사나 경비원이나 가정부 등 몸종과 같은 고용인을 거느릴 수 없는데다가, 저축을 제대로 할 수 없기에 해외 근무 '메리트'가 그다지 없다는 것이 그 까닭이었다. 서울을 가장 좋아하는 까닭이야 도쿄와는 모든 면에서 정반대이기 때문이었다.

나는 내 방(이라고 해 봐야 어깨 높이의 칸막이가 있는 좁은 공간에 지나지 않지만)에 돌아오자 곧 인터폰으로 김 과장을 불렀다. 내가 송화기를 놓고 1분 만에 김이 들어왔다. 그런 신속함은 나에 대한 충성심을 뜻할 텐데, 김은 국영 신문사에서 발행하는 주간지를 한 뭉텅이 들고 있었다. '국민의 세금으로 먹고사는 국영 기관에서 포르노 잡지를 발행하는 나라는 아마 우리나라 빼놓고는 쉽지 않을걸요.' 이건 김이 실쭉 웃으며 했던 말이다. 나는 주간지 따위가 필요할 때 일부러 그 주간지를 찾는다. 나의 주간지 용도에 그게 딱 어울린다 싶기 때문이었다.

김은 주간지부터 내 책상 위에 놓았다. 들춰 보십시오. 그런 눈빛이었다. 나는 그 뜻에 순종하여 주간지 한 권을 앞으로 당겨 주르륵 훑어 가다가 여자의 누드 사진에 가서 눈길을 멈췄다. 그림만으로도 자극을 느낄 법할 만큼 야했다. 국영 출신이어서 더 야한 것 같았다. 나는 더 들여다볼 것도 없다는 것처럼 그것을 탁 덮어 밀어붙였다. 김은 속주머니에서 봉투들을 꺼내 두 무더기로 갈라놓았다.

"이쪽 것은 이거구……."

김은 손가락 열 개를 쫙 펴 보였다.

"이쪽 것은 이겁니다."

이번에는 손가락 다섯 개였다.

봉투는 모두 일곱 개였다.

"일곱뿐인가?"

"다섯은 그저께 이미 집행했잖습니까?"

"아, 그렇지."

하도 바쁘다 보니 깜박 잊고 있었군. 나는 그런 낯빛으로 고개를 갸웃갸웃해 보인 다음, 주간지 사이에다 봉투 하나씩을 끼워, 열과 다섯을 쉽사리 분간할 수 있도록 황색 큰 봉투에 넣었다. 큰 봉투의 앞쪽에서 빼면 열짜리, 뒤쪽에서 빼면 다섯짜리, 그랬다.

"김 과장, 같이 갈까? 오다가 보신탕이나 같이 먹고 오게."

"부장님 혼자 다녀오시죠. 옆에 누가 있으면 그 사람들 아무래도 꺼리잖습니까."

"그건 그렇지."

나는 이내 알아들었다.

"그런데……."

나는 화제를 바꿨다.

"잉거햄, 그 친구 지금 뿔이 약간 돋을락 말락 해 있는데……."

나는 상황을 요약했다.

잉거햄의 그 일이란 본디 한이라는 서무 담당 직원을 시켰던 거였다. 대수로운 게 아니라 생각했기에, 우리 회사를 맡고 있는 여행사 사람들한테 이야기해서 해결하라……. 그런데 한은 그게 그토록 간단한 문제가 아니라는 답을 가지고 왔다. 그러면서 그 일은 우습지도 않게 대수로운 것으로 꼴바꿈하게 되었다.

잉거햄이 '한국에서 미국 달러 더 쓰고 가겠다는데 안 된다는 이유가 뭐요?'라는 식으로 드러내 놓고 비웃다시피 했고, 김과 함께 그 자리에 있던 나는 그만 기분이 몹시 언짢아졌다. 몹시 언짢은 그 기분이 바로, 그 뒤에 내 마음에 인 일련의 예외적 느낌의 단초였다는 것을 나 자신이 알아차리게 된 것은 시간이 조금 지난 다음이었지만, 그것은 정말 나 자신의 내부에서 인 것임에도 불구하고 나 자신에게도 낯선, 그런 것이었다. 전 같았으면, 그까짓 것 정도야 쿵쿵 박자를 맞춰, '그렇죠. 어리석기 짝이 없는 정책이죠. 하여튼 한국 정부 관리들이란 싸그리 바보, 멍청이, 비능률의 도사들이죠'라는 식으로 한심하기 짝이 없는 이쪽 현실을 함께 비웃어 대 잉거햄의 기분을 좋게 해 주었을 텐데, 그 자리에서는 무단히, '짜식, 미국 달러면 꼬랑들이 껌뻑 죽고 못 사는 줄로 아는 모양이지. 야 인마, 우리 꼬랑들도 지금은 외환이 너무 많아 목하 잔뜩 고민하고 있는 판국이다. 너 인마, 요새 해외 여행자들 때문에 김포 국제공항이 미어터져 나가는 것도 모르냐', 이런 아니꼬움이 불쑥 고개를 치켜들어 버렸다.

바로 그 자리에서 잉거햄이 그 일을 나에게 부탁했을 때, 몹시 떫은 기분이 되어, 이거 일부러라도 좀 안 되게 해야겠군, 이런 식으로 오감을 품어 보게 되었던 것도 결국은 그런 아니꼬움의 당연한 결과였다. 그러나 나는 나의 그런 기분을 곧이곧대로 내색할 만큼 아둔하지 않았기에 아침 출근길에 아예 김포에 들렀다 오는 성의를 보여 주는 척했던 것이다.

저간의 이런 사정은, 나의 내부에서 일어난 약간 뒤틀린 느낌들을 제쳐 두고 본다면 모두가 김도 아는 내용이었다. 나는 그다음에, 그러니까 조금 전 잉거햄의 방에서 있었던 일에 대해서만 요약했다.

나는 물론, 내가 일부러라도 안 되게 하려 한다는 이야기는 하지 않았다. 이제 서른둘, 아직 청운의 꿈이나 더듬고 있어야 마땅할 법한데도 불구하고, 요즘 그 또래 대개의 젊은이들과 마찬가지로 지나치다 싶으리만큼 영악한 김의 배신에 대한 경계에서였다. 우리끼리 더러 하는 이야기로, 합작 회사에 있는 한국인들은 의리가 없고, 그것은 다국적 기업의 무국적성, 곧 철새 근성 때문이라고들 하지만, 나의 소견으로는 합작 회사에 밥벌이하고 있는 사람들뿐만은 아니었다. 이건 나의 생애에서 내가 간직하고 있는 대표적 의혹이지만, 이 시대가 아무래도 이상스럽다. 도대체가 믿을 사람이 없다. 믿다가 발등 찍히지 않는 경우가 드물다. 나 자신부터 그렇다.

나는 나에 대한 남의 믿음을, 결과적으로 보아 그다지 존중하지 않는 편이다. 나 스스로 생각해 보기에도 이상스럽기 짝이 없는 현상이기는 하지만, 나는 나에 대한 남의 믿음을 헌신짝 내팽개치듯 저버리고도 그다지 마음 켕겨하지 않는다. 다 그런데 뭘……. 그쯤 편안하게 생각해 버릴 뿐. 그러면서도 이건 아닌데라든가, 이래서는 안 되는데라는 따위의 생각마저 해 보지 않는 것은 아니었기에 인간과 시대에 대한 나의 의혹은 더 까다로운 것이 될 수밖에 없었다. 나는 김에게, 뻔히 안 될 일을 잉거햄이 자꾸 고집하고 있다, 단지 이런 정도로만 말했다.

그런데 김은 뜻밖으로 신랄했다.

"잉거햄, 그 친구 틀렸어요."

우선 김의 눈빛부터 그랬다.

"그딴 사고방식을 가지고 있는 한, 일부러라도 안 되게 해서 우뚝한 그 콧대를 콱 분질러 놔야 합니다. 그딴 소리 다시는 입에 올리지도 못하게끔. 그게 어디 말입니까? 아닌 게 아니라 우리나라에서도 좀 본격적으로 반미 운동이 일어나야 합니다. 너무 고분고분하니까 그 친구들이 더욱더 기고만장해서 하늘 높은 줄 모르는 거거든요."

그 대목에서 내가 김의 신랄함을 액면 그대로 받아들이기보다는, 김의 참뜻을 염탐하듯, 그 속을 들여다보는 눈길이 되었던 것이야 물론 내가 먹고 있던 마음 때문이었으리라. 그리고 그다음에, 이 사람이 내 속을 떠보느라고 이러는 게 아닌가, 그런 의문을 가져 보게 되었던 것도 역시. 그런데 그것은 아무래도 김의 참뜻 같았다. 붉은 기운이 느껴질 만큼 이글거리는 그 눈빛으로 보아 그랬다. 입이야 거짓을 꾸밀 수 있다 할지라도 눈빛이야 그럴 수 없는 게 아니겠는가. 그쯤에서 나는, 김을 수상쩍어했던 것과 그 앞에서 경계심을 품었던 것까지를 아울러 미안스럽게 생각하게 되었다. 내 가슴이 조금 달아올랐다. 김의 손을 잡고 싶었다. 이게 바로 동포애라는 것이구나. 나는 그렇게 생각했다. 나는 실로 모처럼 만에 민족주의자의 뜨거운 마음이 되었다.

나는 김과 결속을 다짐하는 눈웃음을 나눈 다음 곧 서둘러 과천을 향해 차를 몰았다. 바쁘다, 바빠. 이런 소리가 저절로 나왔다. 그러면서도 살맛을 느끼게 하는 야릇한 열기가 온몸 세포에서 스멀거렸다. 권력에는 광기니 하는 게 있다고 하던데, 나는 그래 봐야 권력자도 아닌, 내 주변에 있는 사람들이나 나 자신에게서 그 비슷한 기운을 느껴 보게 되곤 한다. 예의 박이라는, 그 희떱기 짝이 없는 친구는 제법 유식한 척, 그런 기운을 '탐욕의 광기'라는 이름을 붙여 놓고는, 예로서 '돈독 올라 환장한 놈들'에 대해 이야기했는데, 그것은 아무래도 틀린 이야기 같지는 않았다. 너나없이 모두가 벌겋게 달아올라서 정신없이 움직이며, 바쁘다, 바빠, 하도 바빠서 죽을 새도 없다 하고 거푸 외쳐 대고 있는 판국이었으니까.

무심결에 액셀러레이터를 너무 세게 밟았던가. 나는 문득 위기를 느껴 속도를 줄이며 몸을 내려 등받이에 기대고는 라디오를 눌러 켰다. 굵직한 무게를 자신의 목소리에 실으려 애쓰는 듯한 사내가, 명색 국회의원이라는 사람들은 다급한 민생 문제는 제쳐 둬 버린 채로, 파당 싸움, 이권 싸움이나 일삼고 있고, 돈푼이나 있다고 하는 사람들은 염치 불고하고 과도한 향락에나 빠져 있고, 정부는 허구한 날 국민들을 속여 먹고나 있는 형편이니, 이 사회가 어찌 온전할 수 있겠는가 하고 개탄했다. 그 목소리는 자못 비통했는데, 물론 보이지야 않았지만 그의 입술에서 튀고 있을 침방울은 눈에 선했다. 개탄 시대였다. 너도나도 다투듯이 개탄하고 있었고, 또는 모든 사람들이 개탄에 익숙했다. 한심한 백성들이다. 이것은 이 시대에 대한 나의 단골 개탄이었다. 나는 버튼을 눌러 라디오를 껐다. 다른 것은 다 그만두고라도 우선 그 목소리가 역겨워서 더 듣고 있을 수가 없었다.

과천 정부 종합 청사, 식당, 매점, 방문객 접수처 따위가 들어 있어 안내동이라 불리는 건물 앞에 한 무리의 사람들이 경찰들과 대치 중이었다. 거기 갈 때 더러 맞닥뜨리게 되는 풍경이기는 했지만, 그들은 여느 민원 관계 시위자들과는 달라 보였다. 가슴과 머리에 무슨 구호가 적힌 붉은 띠를 두르고, '……하라! ……하라!' 이런 구호를 외쳐 대는 거야 다르다 할 수 없었으나, 그들의 행색과 몸짓, 특히 경찰들을 대하는 그들의 태도가 예사로워 보이지 않았다.

경찰들이 쩔쩔매고 있었다. 시위대는 청사 구내로 들어가려 하고 경찰들은 그들을 한사코 막아내려 했다. 무슨 외침일까, 들어보기 위해 나는 차창을 내렸다. 숨 막힘마저 느끼게 하는 후끈한 열기가 갑자기 들이닥친 것밖에는, 그들의 소리는 알아들을 수가 없었다. 나는 주차장에 차를 대 놓고 그들을 피해 에두르는 길을 거쳐 안내동으로 들어가며 곁눈으로 훑어보았다.

그들의 머리와 가슴에 두른 구호들은, '국보법 철폐하라!', '노동악법 개정하라!', '교육 악법 개정하라!', '방송 악법 개정하라!' 그런 것들이었다. 누구누구 타도, 무슨무슨당 해체, 그런 구호들도 섞여 있었다. 그런 장면을 볼 때 늘 그렇듯, 나로서는 심드렁한 느낌이었는데, 외치고 있는 사람들의 눈동자에는 핏발이 곤두서 있었다.

그들 사이에는 남루나 다름없는 옷가지들을 걸친, 상당히 나이 들어 보이는 여자들도 있었다. 가만히 보니까 '민가협'이라는 단체 이름이 눈에 띄었다. 어디선가 들어 본 이름 같았지만 어떤 사람들의 모임이었던가는 잘 생각나지 않았다. 아마 여러 단체가 모여 함께 시위를 벌이고 있는 것인 듯했다. 백발이 성성하고 몸이 자그만 노인 하나도 섞여 젊은이들에게 지지 않을 만큼 거칠게 경찰들에게 덤벼들고 있었다.

특히 여자들이 악바리로 보였다. 경찰들 방패를 발로 차고 몽둥이로 때리는 정도가 아니라, 장벽처럼 늘어선 방패 위를 날쌔게 타고 올라가, 경찰들의 뺨을 느닷없이 냅다 때려 버리기도 했다. 많이 해 본, 이골 난 솜씨였다. 아무리 보아도 도대체가 국가 자체를 의미하는 공권력을 두려워하는 빛이라고는 조금도 보이지 않았다. 반면에, 어찌 된 셈일까, 경찰들은 대항한다고는 하지만 마냥 비실거리고나 있는 꼴이었다. 온갖 욕설을 다 들어 가며 짓이겨지다시피 하면서도 몹시 난처하다는 것처럼 좀 모자라는 사람 같은 웃음이나 시일실 흘리고 있는 것부터 그랬다. 잘 모르기는 하지만 여러 면모에서 예사로운 시위대는 아닌 것 같았다. 나로서는 이해가 잘 되지 않는 풍경이었다.

한편으로는 명색 공권력이라는 것이 그런 식으로 비실거리고나 있는 꼴이 불안하기도 했다. 나도 물론 이 시대에 대해 소견이 없는 것은 아니었지만, 내가 궁극적으로 바라는 것은 두말할 나위도 없이, 안정, 바로 그것이었다. '안정이냐, 혼란이냐', 그것은 군부 독재자들이 국민 협박을 위해 내세운 구호라는 것, 물론 알고 있지만, 나의 안면을 위해서도 안정, 그것은 꼭 필요했다. 때도 없이 위기가 들먹거려지곤 하면, 그동안에 애써 쌓아 올려놓은 행복들이 하루아침에 폭삭 흐너져 내리고야 말 듯하여 불안하기 짝이 없다. 어떤 사회 심리학자가 가로되, 대개의 사람들이 사로잡혀 있는 불안 가운데 99퍼센트는 '결코 일어나지 않을 일들'에 대한 것이라고 했지만, 그러나 그렇게 하지 않으려 애써도 불안감이 느껴지는 거야 어쩔 수 없는 일이 아니겠는가. 내가 화염병 처벌법인가, 화염병 던지는 사람 처벌법인가, 그런 것이 들먹거려질 때마다 '절대 찬성' 쪽이 되는 것은 모두 불안감 때문이었다.

안내동 아래층 안쪽에 있는 대형 그릴은 점심시간에는 가벼운 양식을, 그 밖의 시간에는 방문객이나 청사에서 일하는 사람들에게 간단한 음료나 간식 따위를 파는 곳인데, 자리가 아마 천 개쯤은 되어 보일 만큼 넓다. 나는 거기 들어가기 전에 구내전화로 내가 만나려는 사람들 일곱을 찾아 10분 간격으로 그릴에서 만나자는 약속을 했다. 이것도 역시 경험치지만 건당 10분이면 넉넉했다.

나는 그릴로 들어가 주위를 살핀 다음, 창문 쪽 한갓진 자리에 앉았다. 그릴 안은 텅 비어 있었다. 점심시간에 대비하여 종업원들 몇이 느리게 움직이고 있을 뿐이었다. 그릴에는 문이 둘 있었다. 하나는 안내동 입구 쪽, 그러니까 내가 들어간 문이고, 다른 하나는 청사 구내로 이어져 있는 문이다. 나는 물론 청사 구내 쪽 문을 바라보고 있었다. 내가 만날 첫 번째 사람은 곧 나타났다. 바쁜 걸음이었다.

"또 왔대요."

나는 일어나 그의 손을 잡으며 안내동 바깥쪽을 눈짓했다.

"골수들이죠. 물불 가리지 않는. 하여튼……."

그는 그들이 어떤 부류인가를 잘 알고 있는 듯했다.

"자기들이 악 쓴다구 세상일이 어디 그대로 되나……."

그 사람도 역시 심드렁해했다.

열일고여덟쯤 되어 보이는 소녀가 다가왔고, 그 사람은 종이돈 한 장을 내밀며 나를 바라보았다.

"아무거나."

내가 말했다.

"인삼 드링크 둘."

대개의 경우에는 '인삼 드링크'였다. 커피를 청하는 경우는 드물었다. 그것은 언제나 속이 쓰릴 만큼 술을 많이 마셔야 하는 처지이기 때문이었다. 그들은 허구한 날 '업자'들에게 그토록 혹독하게 시달려야 했다. 그리고 인삼 드링크가 편리했다. 커피처럼 마시는 데 시간이 오래 걸리지 않기 때문이었다.

우리가 창밖 무더운 날씨에 대하여 건성으로 이야기하는 사이에 소녀가 병에 든 인삼 드링크 둘과 거스름돈을 함께 가지고 왔다. 우리는 거의 단숨에 인삼 드링크를 마셨고, 그 사람이 병을 탁자 위에 놓을 때쯤, 나는 황색 큰 봉투에서 '열짜리' 주간지 하나를 꺼내, '이 답답하고 무거운 세상에 이런 거나 보시죠' 하고 내밀었다.

"이쁜 여자 있습디까?"

그는 주간지를 당겨 손에 쥐었다.

"자, 그럼."

그는 서둘렀다.

우리는 그런 절차에 익숙한 타짜였다.

나는 그가 내미는 손을 잡았다.

"저는 여기 조금 더 있다 가겠습니다."

나는 물론 '휴가비나 하시라고', 그런 말을 하지 않았다. 군말을 주고받을 만큼 우리는 풋내기가 아니었다.

그 사람은 청사 쪽으로 바로 나갈 수 있는 문이 아니라 안내동 입구 쪽으로 나갔다. 나는 내 손바닥을 들여다보듯이 훤히 헤아려 볼 수 있었다. 그 사람이 그쪽 화장실에 들러, 주간지 속의 봉투를 꺼내, 그 내용물은 자기 지갑에 넣고 봉투는 잘게 찢어 변기에 흘려 버린 다음, 주간지는 말아 쥐고 휘파람을 휘휘 불며 자기 사무실로 돌아가리라는 것을. 그것은 어느 해였던가, 이른바 '서정쇄신(庶政刷新)'의 한 방법으로 암행 감찰관이 면회하고 돌아오는 공무원을 뒤졌던 것으로부터 비롯된 새 풍습들 가운데 하나였다. 주간지 따위를 이용하는 것도 대략 그 무렵부터 새로 개발된 기법 가운데 하나였다. 막으면 샐 구멍을 찾는다는 현실 공식은 이 경우에도 어김없이 적용된 셈이었다.

안내동 앞의, 눈동자에 핏발 선 그 사람들이 마침내 경찰의 저지선을 허물어뜨려 버린 것은 내가 나의 여섯 번째 고객까지 대접해 들여보내고 난 바로 뒤였다. 그들은 내가 앉아 있는 창 바로 바깥 길에 쇄도하고 있었다. 선불 맞은 짐승 같다는 표현이 있는데, 꼭 그런 기세였다. 나이 든 여자들까지도 그랬다. 손에 몽둥이나 돌멩이를 들고 있는 사람도 여럿이었다. 그들은 거침이 없었고 당당했다. 마치 염치없는 도둑이 몰래 차지하고 있는 제 집을 찾아 들어가는 주인의 노기 띤 발걸음 같았다. 희한한 풍경이었다.

안내동 안에 있던 사람들의 눈길이 우르르 그들의 뒤를 따라갔다. 자칫 놓치기라도 할세라 조바심하는 것 같았다. 나도 그럴에서 나가 청사 구내로 통하는 문으로 갔다. 사람들이 웅성거리고 있었다. 제복의 경비원들이 사람들을 가로막았다. 나는 까치발로 몸을 세워, 널따란 구내를 꿰뚫으며 치달리는 사람들을 바라보았다. 다른 궁금증이나 기대는 적어도 그때까지는 없었다. 폭력적인, 그래서 구경거리가 될 만한 어떤 장면이 있지 않겠는가 하는 엽기적 호기심밖에는. 내 불면증의 주요한 사유로서의 불안감을 조성하는 파괴적 교란 행위에 대한 불편한 느낌이야 확고했지만, 그렇다고 눈앞에 벌어지는 심심풀이 구경거리마저 마다할 수 있으리만큼 나의 심지는 굳지 못했다. 나는 조금이나마 더 극적이었으면 하고 바랐다. 그런 내 심정에 야릇한 변화가 일게 된 것은 그 다음에 이어진 조금 더 희한해 보이는 몇 풍경 때문이었다.

백 명쯤은 되어 보이는 그들의 뒤를 경찰들이 쫓고 있었는데,

명령에 의해 움직이고 있다는 피동성 때문이었을까, 말하자면 충분히 훈련된 병사들이고 또 고르게 젊은 패들이며, 그 머릿수로 본다 할지라도 다섯 곱절은 되어 보이는 경찰들은 앞장서 달려가는 시위대를 미처 따라잡지 못했다. 우스꽝스러운 달리기 내기 같았다. 하기야 숫자상의 우위에도 불구하고 경찰 저지선이 무너졌다는 것부터 그랬다. 그런데다가 경찰들은 시위대만큼 기운차지도, 당당하지도 못했다. 쫓아가라고, 누군가가 뒤에서 후려치고 있으니까 마지못해 쫓아가는 흉내나 내고 있는 꼴 같았다. 완전한 무정부 상태 같았다. 심각한 느낌이었다. 구내 여기저기에 사람들이 떼를 지어 우두커니 서서 그 풍경을 바라보고 있었다.

내내 그렇게 심드렁해하고 있기나 하던 내 심정에 인 야릇한 변화는 대충 그 언저리에서부터였다. 제복의 경찰이 쫓을 거라면 법을 어긴 자들밖에 없을 텐데, 쫓기는 자들의 저런 당당함이라니. 그리고 명색 쫓는다고 쫓고 있는 사람들의 저런 주눅이라니. 더구나 공권력의 총사령부라고나 할 수 있을 정부 종합 청사 구내, 바로 그 한복판에서였다. 쫓기는 사람들이 이전과는 달리 보이기 시작했다. 시대적 풍경에 대한 이런 느낌은 처음이었다. 그리고 내 불안감의 근원인 소란을 일으키는 그 사람들에 대해 경원이나 불편함, 그런 게 아닌 다른 느낌이 든 것도. 나 자신도 그 근원을 잘 짐작해 볼 수 없는 변화였다. 하늘은 내내 티 하나 없이 맑았고 바람 한 점 없는 그 드넓은 공간에는 햇살이 온통 쨍쨍했다. 그리고 물론 엄청나게 무더웠다.

앞장서 치닫고 있는 시위대의 표적은 법무부 청사 같았다. 법무부 청사는 가장 높은 곳에 자리 잡고 있었는데, 그러고 보니까 그 건물 앞에는 한 무리의 경찰들이 이미 포진을 끝내 놓고 있었다. 저지선을 아예 그쪽으로 옮겨 놓고 대비하는 듯했다. 시위대는 곧 그 경찰 대열 앞에 들이닥쳤는데, 그들은 이번에는 덤벼들거나 하지 않은 채 그 앞에서 연좌 대열을 갖췄다. 뒤를 쫓아간 경찰들이 그들을 에워쌌다. 경찰들이 그들을 댓바람에 낚아채 비웃 두름 엮듯 하지 않고 그렇게 보호하는 것 같은 풍경도, 그 순간의 내게는 이상스러워 보일 수밖에 없었다.

멀어서 잘 들리지는 않았지만 또 '……하라! ……하라!', 그렇게 외쳐 대고들 있는 듯했다. 손바닥을 칼날처럼 펴 쫙쫙 뻗는 모습만 먼눈으로 보였다. 그들 주변에 아지랑이가 아른거리고 있기 때문인가, 그 풍경이 비현실적으로 느껴졌다. 정말 희한하기 짝이 없는 그 풍경으로부터 눈길을 돌리게 된 것은 나의 일곱 번째 고객의 출현 때문이었다. 그는 우두커니 서서 구경하고 있는 사람들 가운데 하나였지만, 별 재미를 느끼지 못했던 듯, 어깨를 좌우로 기웃기웃해 보고 있었다. 나는 곧 나의 본디 모습으로 돌아와 그 사람을 맞았다. 그 사람은 '원 병태 같은 친구들 때문에' 늦어진 것을 미안스러워했다. 나는 다시 그릴로 돌아가 자리에 앉기보다는 마침 점심시간도 되었고 하니 아예 밖으로 나가자 했다. 인삼 드링크를 벌써 여섯 잔이나 마시고 난 판이었다. 일곱 잔째까지 생각해 보니까 좀 끔찍했다. 인삼 냄새가 아니라 썩은 풀 냄새가 코언저리에서 풀풀 날리고 있는 것 같았다.

"나가서 보신탕이나 한 그릇 하시죠."

나의 제안에 그 사람은 두말없이 냉큼 따라왔다.

"저 사람들, 법무부 장관 나와라, 야."

그 사람은 안내동에서 나와 주차장으로 가며, 내가 알아듣지 못하고 있던 그쪽 소식을 전해 주었다.

"법 없애구 새로 만들구 하는 게 법무부 장관이 하는 일인 줄 아는가 봐. 외치려면 좀 알구 외쳐야지. 그 꼴에 민주화니 새 세상이니 하고 있는 게 우습지 않아? 하여튼 세상 꼴이……."

그는 툴툴거렸다.

승용차 안은 한증막이었다.

나는 차창을 내리며 시동을 걸었다.

"거 정말 우습네. 국회의원이 뭐 하는 사람들인 줄도 모르는 모양이지. 하기야 그걸 아는 국민이 얼마나 되겠어?"

내 뜻이 전해진 듯했다. 그는 흐흐 웃기부터 했다.

"국회의원을 허구한 날 싸움질하거나 무슨 협잡질해서 검은 돈이나 거둬들이는, 그런 직업으로들 이해하는 국민들이 태반일걸. 흐흐."

나는 그 사람을 데리고 사당동 전철역 근처, 수육 맛이 기막힌

보신탕 집으로 가서 땀을 뻘뻘 흘리며, 소주 조금을 곁들여 황구—주인 말이 사실이라면—수육과 탕을 먹었다. 나는 물론 나의 고객 비위를 맞춰 주기 위해 갖은 비나리*를 다 쳤다. '고객 관리'에서 중요한 것 가운데 하나는 여느 때 잘 모셔 두기였다. 나의 용어로 그것을 '기본 아첨'이라고 하는데, 그게 잘 되어 있어야만 실제 거래 관계에 부딪치게 되었을 때 일을 하기도 수월할 뿐만 아니라 비용도 적게 든다. 따라서 명절 같은 경우는 물론이고, 휴가철에, 그리고 '오늘은 날이 궂으니까', 이런 때를 잘 챙겨 두어야 한다. 물론 고객의 경조사도 소홀히 해서는 안 된다.

실컷 씹고 마셔서 뇌와 배가 적당히 즐거워진 다음에 나는 그를 태워 과천을 향하며, 마지막 남은 주간지를 그에게 건네주었다. 그는 그 자리에서 봉투를 꺼내 알맹이는 자기 지갑에 넣고 빈 봉투는 내게 돌려주었다.

"가져가서 또 쓰슈. 원가 절감이 딴 거유."

나는 그를 정부 종합 청사 구내로 태우고 들어가는 실수를 물론 저지르지 않았다. 지하도를 지나서 후문 근처에서 차를 세웠고, 그는 거기서 내려 또 어깨를 좌우로 기웃기웃거리며 걸어 청사 구내로 들어갔다.

내가 회사에 도착했을 때는 오후 2시 반쯤이었는데, 잉거햄이 나를 기다리고 있었다.

*비나리 : 남의 환심을 사려고 아첨함.

"같이 갑시다."

비서의 전갈을 받고 나서, 우선 칫솔을 들고 화장실에 가서, 개고기와 마늘과 들깨 냄새부터 공들여 씻어 낸 다음 그의 방에 들어가니까 그는 대뜸 그렇게 말했다.

"어딜?"

나는 조금 혼란스러운 느낌이었다.

그는 빙긋한 웃음부터 지어 보였다.

무엇인가 모르겠지만, 아주 만족한 상태 같았다.

"국장과 약속이 있소."

뜻밖이었다.

잘 믿어지지 않았다.

미국인들이 보고 있는 거야 어떻든, 중앙 정부의 국장이란 쉽사리 만날 수 있는 존재가 아니었다. 이를테면 중앙 정부의 한낱 주사 끗발이 어느 정도냐 하면, 경제 부처쯤으로 쳐 본다면 국영 기업 사장을 열중쉬어 시켜 놓고 훈시를 내릴 수가 있으며, 문교부쯤으로 본다면 종합 대학 총장을 오라 가라 할 수 있었다. 국장이란 그런 권능을 지닌 주사로서는 감히 쳐다보기도 어려울 만큼 높은 그야말로 하늘과 같은 존재였다. 잉거햄은 그래 봐야 그쪽 나라 끗발로 쳐 보자면 일개 기업의 과장급도 제대로 되지 못하는 사람이었다.

구체적으로 설명해 보자면 콘티넨털 일렉트로닉스 안에는 회장이 하나 있고, 그 아래에 사장이 일곱, 부사장이 50명쯤, 이사가 2백 명쯤, 그리고 그 아래로 매니저가 천 명쯤인데, 여기까지가 콘티넨털 일렉트로닉스 전화번호부에 올라 있는 이른바 '디렉터리 레벨'이다. 비상 연락망을 겸한 사내 전화번호부에 이름이 올라갈 자격이 있는 계층이라고나 할까. 그런데 잉거햄은 이 계층에 들어 있지 않았다.

하기야 이런 거 따져 봐서 무엇하랴. 미국 국무부의 많은 차관보 가운데 하나에 지나지 않는 사람이 우리나라에 와서 대통령부터 관련 부처 장차관들까지 온통 쥐락펴락했던 게 불과 두어 주 전의 일이었다. 좋은 고기 배불리 먹어 향취 드높던 내 입에 쓴맛이 돌기 시작했으나, 그렇다고 마다할 입장은 물론 아니었다. 어쨌거나 그는 나의 생사여탈권을 그 손아귀에 쥐고 있는 존재였다. 사장은 한국인이고 명목상 인사권이야 사장에게 속해 있지만, 사장은 그래 봐야 나와 다를 바 없게 한낱 피고용인에 지나지 않았다. 반면에 잉거햄은 대주주 쪽의 법적 대표권자였다.

사장이니 부사장이니 하는 행정적 기능으로는 잉거햄이 사장 아래지만, 주주와의 관계에서 보자면 사장은 부장이나 과장보다 더 취약한 입장이 된다. 왜냐하면 부장이나 과장은 그 신분이 노동관계 법의 보호라도 받을 수 있지만, 사장은 주주가 엄지손가락을 거꾸로 세우기만 하면 그대로 끝이다. 그렇기에 외국 투자가가 실세를 장악하고 있는 합작 회사의 사장이니 하는 사람의 매판성은 인간적 동정의 대상이 될 만하다는 게 나의 소견이다. 그리하여 생사여탈, 일단 그런 것을 고려해야만 하는 경우가 되면, 나는 재깍 목줄에 끌려가는 개의 흉내를 익숙하게 내게 될 수밖에 없다. 내 목에 매어 있는 목줄을 쥐고 있는 사람은 잉거햄, 바로 그 사람이다.

나는 나로서는 어떤 상판대기의 사낸지도 알 수 없는 국장이라는 그 작자를 저주하며, 그보다 더 심각하게는, 나의 기대를 배반하고 이런 만남을 주선한 사람이 과연 누구일까, 의아스러워하며 잉거햄과 함께 차를 타고 회사를 출발했다. 이런 만남을 주선한 사람이 회사 밖에 있을 수 있기는 했다. 미국인 상공회의소나 한국인과 미국인의 친선 단체를 통해 한국 사회에 많은 지면 관계를 터놓은 잉거햄이기에 그런 가능성을 배제할 수는 없었다. 그런데 일의 내용이나 만남이 추진된 시간적 구성 따위로 보아 아무래도 사내에 있는 사람에 의해 이루어진 만남 같았다. 그럴 경우 일차적 혐의 대상은 김 과장이 될 수밖에 없는데, 나는 이내 고개를 내저었다. 비단 오전의 그런 대화 때문만은 아니었다. 여느 때의 그로 보아 그는 그토록 표리부동하지는 않았다. 더구나 그는 이제 갓 과장이 된 처지로, 적어도 아직까지는 나를 적수로 바라볼 입장이 아니었다. 그렇다면 누굴까? 그럴 만하다고 짐작되는 몇 사람의 얼굴이 순서도 없이 들쭉날쭉 떠올라 왔다가 사라지곤 했다. 문득 눈길을 들어 보니까 내가 탄 차는 김포가 아니라 과천을 향하고 있었다.

"국장은 김포에 있는데요?"

나는 그를 깨우쳐 주었다.

그 시간, 나는 그가 뭔가를 착각하고 있는 것이기를 바라고 있었다.

그는 또 빙긋이 웃어 보이기부터 했다.

"국장이 하나가 아니지 않소?"

그는 나를 가르치려는 눈빛이 되어 오른손 엄지와 검지를 V 자꼴로 곤두세워 보였다. 그가 왼손으로 먼저 잡아 흔든 것은 검지였다. 그것이 김포의 국장이었다. 그는 그 국장의 업무 범위와 권능에 대하여 요약했다. 다음은 엄지 차례였다. 그것은 과천에 있는 국장이었다. 그는 또 그 국장의 업무 범위와 권능에 대하여 요약했다. 그의 요약 설명에 의하면 과천에 있는 국장은 내외국인 출입국 관리에 대한 책임자였다. 그러니까 김포에 있는 국장이 야전 조직의 어느 부분을 지휘하는 사람이라면 과천에 있는 국장은 그 모든 야전 조직을 총괄하는 본부의 총책 정도가 되는 듯했다. 내 업무 가운데 하나로서 대정부 관계 일을 하고 있기는 하지만, 그쪽이야 거의 드나들 기회가 없기 때문에 잘 알지 못하고 있을 수밖에 없는데, 그럼에도 불구하고 그의 설명은 매우 설득력 있어 보였다. 나는 놀랐다.

"어떻게 그토록 소상하게 알게 되었습니까?"

"내가 어떻게 그토록 소상하게 알게 되었느냐구?"

그는 나의 질문을 그대로 흉내 내 되물었다. 그다음에는 만족감을 드러내는, 빙긋한 그 웃음이었다. 어쩌면 대답을 슬며시 피해 버릴 것 같던 그는 잠시 뒤에 다시 입을 열었다.

"대답할 수 없소. 왜냐하면 그가 그 자신을 타인에게 노출시키기를 바라지 않고 있기 때문에."

그렇게 말하고 난 그는 빙긋한 그 웃음을 머금은 채로 나의 낯빛 변화를 면밀히 살폈다. 나의 기분은 젬병이었지만, 그러나 적어도 아직은 패색을 드러내거나, 더구나 항복의 표시로 흰 깃발을 그에게 바치거나 할 처지는 아니었다. 잉거햄이 '그'라고 표현한 그 사람에 대한 의아스러움이 더 심각해졌지만, 그보다 더 중요한 것은 이 '미묘한' 일이 되어 가는 꼴, 그 자체였다. 나는 아침 일찌거니 김포에서 만난 계장의 신념에 찬 확언을 믿고 있었고, 또 그게 아니라 할지라도 상식적으로 생각해 본다 해도 이따위 일 같지도 않은 일에 대하여 중앙 부처의 명색 국장이니 하는 사람이 왈가왈부할 것 같지는 않았기 때문이다. 아무리 대통령이니 하는 사람이 시골 면장이 할 법한 일까지 시시콜콜 챙기고 있는 풍습이 연면히 이어져 내려오고 있다고는 할지라도 말이다.

내가 믿는 카드는 또 하나가 있었다. 어떻게 해서 맺어지게 된 약속인가, 알지 못하고 있기는 했지만, 그가 어쩌면 국장의 비서나 그 아래 주사 하나쯤을 만나게 될 수 있을는지도 모르겠다는 거였다. 대개의 사람들이 이해하고 있는 그대로 국장이니 하는 높직한 자리에 앉아 있는 사람의 일정이야 벌써 며칠 전부터 빈틈없이 짜여 있을 수밖에 없을 텐데, 어떻게 그런 식의 벼락치기 약속이 가능할 수 있겠는가. 더구나 내가 들어서자마자 나가자고 서둘렀던 것을 보면 정해진 시간이 따로 있는 것 같아 보이지도 않지 않은가? 잉거햄이 나의 뇌수를 들여다보고 있기라도 했던 것 같았다.

"국장이 오후 중 어떤 시간에라도 만나겠다고 했소, 매우 친절하게도."

쿡 찌르듯, 그렇게 말했다.

제길, 싶었다.

"분명히 국장과 직접 약속했습니까?"

나는 약간이나마 따지는 투가 되었다.

"물론이오. 그 점에 대하여 왜 의문을 갖고 있소?"

그는 조금도 기분 언짢아하거나 하지 않고 빙긋이 웃어 보이기만 했다.

나는 대답할 말이 없었다.

입맛이 몹시 쓰기만 할 뿐.

과천 정부 종합 청사 구내, 법무부 건물 앞에 이르러 보니까, 아까의 시위대, 눈동자에 핏발이 서 있던 그 사람들은 보이지 않고 경찰들만 몇이 우두커니 서 있었다. 어떤 형태로든 상황이 끝난 것 같았다. 그 사람들은 어디로 끌려간 것일까? 어떻게 되었을까? 안정을 해치는 소란을 일으킨 그 사람들에 대해 그런 궁금증이 잇달았던 것도 이전과는 달랐다. 그러나 그런 궁금증 쪽에서 오래 머뭇거릴 틈은 없었다. 우리는 건물 안으로 들어가 입구에서 방문객 표찰을 받았다. 엘리베이터를 타기 전에 잉거햄은 자기 명함을 오른손 검지와 중지 사이에 끼워 내밀었다. 빙긋한 웃음을 머금은 채였다. 아무런 설명도 없었다. 나는 잠자코 명함을 받아 들었다. 엘리베이터에서 내리면서 나는 그의 명함을 받들어 모시는 입장이 되었다.

조금 뒤, 내 손의 명함은 국장의 여비서 손으로 자리를 바꿨다. 비서는 명함의 이름을 자기 책상 위 일정표에서 찾으려는 것처럼 이쪽저쪽을 번갈아 살폈다. 비서는 곧 몹시 곤란해하는 낯빛이 되었다. 나는 비서가 야무져 보이는 그 입매로 '약속이 되셨나요?' 그렇게 물어 주기를 기다렸다. 그보다 더 그럴 듯한 것은 퇴짜였다. '약속이 되어 있지 않으시군요. 약속을 하고 다시 와 주세요.' 그런데 비서는 그렇게 말하지 않고 고개를 갸웃이 한 채 명함을 들고 안으로 들어갔다.

곧 되돌아 나온 비서는 들어갈 때와는 달리 매우 공손한 낯빛이었다. 40대로 보이는 사내 둘이 비서 뒤를 따르고 있었다. 손에 서류를 들고 있었고, 우리들을 스치지 않기 위해 매우 조심스러워하는 자세로 몸을 조그맣게 오그려 비서실 밖으로 나갔다. 나는 그제야 비로소, 나 혼자 있을 때보다 미국인과 함께 있을 때 더 좋은 대우를 받게 되는, 바로 그런 경우에 처해 있다는 것을 알아차렸다. 우리는 곧 방으로 안내되었다.

아마 쉰 평은 될 듯할 만큼 넓은 방이었고, 그 책상 위에 있는 묵직한 자개 명패로 보아 우리가 바라보고 있는 그 사람이 바로 국장 같았다. 관청 출입 10여 년에 국장실에 들어간 것도, 국장급 고위 공무원을 가까이에서 보게 된 것도 처음이었기에 나는 어쩔 수 없이 좀 긴장했다. 국장은 잉거햄의 몸집이 그다지 커 보이지 않을 만큼 허우대가 큼직했다. 호인형이었고, 영양 상태는 물론 좋아 보였다. 웃을 때 윗잇몸이 약간 드러나 보였고, 명함을 내밀 때 보니까 손은 유난스레 작고 도톰했다.

"오, 아주 좋은 한국 이름을 가지고 있군요. 빅 쉽."

국장은 잉거햄의 명함을 앞뒤로 뒤적거려 보며 영어로 말했다.

"예, 바로 이 사람으로부터 선물받은 이름입니다."

잉거햄은 나를 돌아다보았다.

임거함(林巨艦), 그런 이름이었다.

말하자면 말 거간을 위해 따라가게 된 거였는데, 국장은 매우 서툴렀음에도 불구하고 잉거햄과 직접 이야기하기를 바라고 있었기에 나는 그다지 필요 없는 존재가 되어 버렸다. 처음에 멋모르고 괜히 말 거간의 몸짓을 지으려 했던 것만 우스꽝스러운 꼴이 된 셈이었다. 일진이 사납군. 나는 그런 생각이나 하며 잠자코 앉아 있었다. 그러면서 간절히 바라고 있었던 거야 두말할 나위도 없이, 김포의 계장이 안 된다고 했던 것을, 국장과 잉거햄이 함께 있는 자리에서 한 번 더 확인하게 되는 것이었다.

오만한 그 계장을 잔뜩 긁어놓은 것까지, 믿는 카드가 이중 삼중으로 있다는 식으로 뻗대듯 하고 있으면서도, 그 시간, 나는 잔뜩 조바심하고 있을 수밖에 없었다. 아닌 게 아니라 되는 일도 없고, 안 되는 일도 없더라는 경험치 때문이었다. 그래도 나는 설마 하는 쪽에 기대를 얹어 두고 있었다.

"사실은……."

대강의 수인사가 끝나자 잉거햄은 본론에 접어들어, 예의 '미묘한' 문제에 대해 이야기하기 시작했다.

"미국에서 의과 대학에 다니고 있는 제 딸이 남자 친구와 함께 방학을 이용해 한국에 왔습니다. 제 딸은 미국에 있는 한국 영사관에서 비자를 받았지만 제 딸의 남자 친구는 예정에도 없이 갑자기 따라왔기 때문에 김포에서 겨우 15일간 입국 허가를 받았을 뿐입니다. 모레가 바로 그 15일째가 되는 날이죠. 제 딸과 그 남자 친구는 당신네 나라, 한국이 하도 좋아서 앞으로 두 주일쯤 더 머물기를 바라고 있습니다. 그런데 김포에서는 제삼국으로 나갔다가 오든가, 아니면 재외 한국 영사관에서 비자를 정식으로 받아오든가 해야지 그대로는 안 된다고 해서 제 딸이 매우 불행해하고 있고, 그래서……."

그다음에는 오늘 아침에 있었던 일이 요약되었다.

"오우."

국장은 깊은 동정부터 표현했다.

"너무 염려 마십시오. 제가 도와드리겠습니다."

국장은 곧 인터폰을 꾹꾹 눌러, 김포의 아무개를 대, 이렇게 명령했다. 아침에 내가 그 명패를 눈여겨봐 둔, 바로 그 과장의 이름이었다.

그 순간 나의 조바심은 어쩔 수 없이 조금 더 고조되기는 했으나, 그래도 그 계장의 단언과, 내가 잔뜩 긁어 돋워 올려놓은 오기에 대한 믿음에는 변함이 없었다. 나는 이제 곧 회심의 미소를 짓게 되리라 기대했다. 그렇게만 된다면 극적 효과 면에서 잉거햄이 국장을 직접 만나게 된 것은 오히려 잘된 일이고, 어디 그뿐인가, 잉거햄에게 뚫을 구멍을 알려 준 사람이나, 잉거햄으로 하여금 국장을 만나도록 주선해 준 사람까지도 그런 효과에 이바지한 셈이 된다. 말하자면 이때까지의 모든 것이 하나의 절정을 위해 잘 조직된 갈등이나 복선과 같은 게 되는 셈이었다. 나는 정말 절정을 경험해 보고 싶었다. 나는 정말 그렇게 말해 볼 수 있게 되기를 간절히 바라고 있었다. 거 보슈, 빅 쉽 선생. 이 나라에서도 안 되는 것은 역시 안 된단 말이오,라고.

전화가 이어지기를 기다리며 국장은 잉거햄에게 물었다.

"그래, 따님은 그 친구와 결혼할 예정입니까?"

"오, 알 수 없습니다. 대학에 들어간 뒤, 나에게 소개된 것만으로도 벌써 다섯 번쨴가 되니까요."

잉거햄은 어깨를 으쓱해 보였다.

국장은 비로소 자신이 촌스럽기 그지없는 질문을 했다는 것을 알아차린 듯, 몹시 겸연쩍어 하는 낯빛이 되었다. 그런 낯빛은 그 덩치나 그 방의 크기에 어울리지 않을 만큼 치졸해 보였다. 불려 꾸미고 있었던 거겠지만 제법 느긋하던 그 여유가 그토록 쉽사리 무너져 버린 것도 이상스러워 보였다.

전화가 국장의 어려운 경우를 구해 주었다. 김포의 아무개 과장이 이어진 듯했다. 나의 조바심은 최고조에 다다랐으나 상식적 판단에 대한 나의 믿음도 만만치 않았다. 나는 이제, 안 되는 것은 역시 안 되는 것이다, 잉거햄이 상식의 이런 벽에 부딪혀 조금 전 국장처럼 몹시 겸연쩍어하는 낯빛을 짓게 될 때, 너무 표 나게 드러내놓고 기분 좋아하지 않도록 해야 한다고 나 자신에게 꾹꾹 눌러 일러두었다. 만일 그렇게 된다면, 그것은 내가 용렬한 사내임을 표 내는 것이나 마찬가지일 것이므로. 그런데 결과는, 적어도 나의 상식 정도에 비춰 본다면 너무나도 뜻밖의 것이 되었다.

국장은 잉거햄의 명함을 손에 들고 그 이름을 또박또박 불렀다. 일의 내용을 서너 마디로 요약한 것은 그다음이었다. 이분 따님의 남자 친구가(국장은 그 대목에서 잉거햄에게 그 이름을 물어 저쪽에 또박또박 이야기해 주었다) 입국 허가를 연장받고 싶어 하니까, 그렇게 해 주도록 하라, 그런 '명령'이었다.

전화를 끊고 난 국장은 자신이 그렇게 해 주도록 '명령'했다는 것을—국장은 '명령'이라고 표현했다—잉거햄에게 이야기해 주면서, 자신이 그런 '명령'을 내릴 수 있는 자리에 앉아 있는 것을 은근히 드러내 뽐내고 싶어 했다. 잉거햄은 썩 만족해하는 낯빛으로 깊은 사의를 표명했고, 국장은 당신의 어려움을 도와줄 수 있게 되어 매우 영광스럽게 생각한다면서, 자신의 방문은 언제나 열려 있으니까, 만일 장차에라도 다른 어려움이 있을 경우 언제든지 주저 말고 찾아와 달라는 당부를 덧붙였다. 간곡한 어조였다. 국장은 어느덧 느긋한 그 여유를 되찾아 그 얼굴에 실어 두고 있었다.

조금 뒤 나는 잉거햄과 나란히 승용차 뒷좌석에 앉아 있었다. 차는 여의도가 아닌, 잉거햄의 딸과 그 남자 친구가 묵고 있는 조선호텔 쪽을 향해 달리고 있었다. 잉거햄은 한시라도 빨리 이 소식을 자기 딸에게 직접 전하고 싶어 했다.

"나는 내 딸을 행복하게 해 주기 위해 서두를 수밖에 없소. 그리고 행복해하는 그 얼굴을 보고 싶소. 그것이 전화를 걸거나 하지 않고 내가 직접 가는 이유요."

잉거햄은 국장 방을 나온 이후 내내 빙긋한 그 웃음을 머금은 채, 즐기는 듯한 눈길로 나의 얼굴을 는적는적 핥곤 했다. 나는 아무렇지도 않다, 그런 식으로 애써 꾸며 버티려 했지만, 나의 기분은 어쩔 수 없이 그야말로 주먹 맞은 상투 꼴이 되어 버렸다.

"미스터 파앙, 어디가 불편하시오? 어찌하여 아무 말도 하지 않고 있소?"

잉거햄은 그 점을 꼬집어 지적해 보고 싶은 기분인 듯했다.

나는 별로 할 말이 없었다. 한심하기 짝이 없는 놈들. 그딴 놈들에게 비싼 녹을 먹여? 이런 심정이기나 했을 뿐, 그리고 정말 과연 누가 잉거햄의 귓바퀴에 입술을 대고 뚫을 구멍을 소곤거려 주었을까 하는 의혹에 사로잡혀, 입 꾹 다문 채 홀로 속이나 끓이고 있었을 뿐, 그를 향해서든, 나를 향해서든, 해 볼 수 있는 말이라곤 통 떠오르지 않았다. 난감했고, 갈증이 심했다.

나는 내가 살고 있는 이 시대의 어떤 현상에 대해, 거의 처음 머금어 보는 것이나 마찬가지인, 나 자신의 이런 분노를 어떤 눈길로 바라보아야만 하는가, 그런 것부터 무척 어정쩡했다. 아까 시위대를 바라보고 있는 동안 내 심정에서 일었던 그 근원을 잘 짐작해 볼 수 없던 야릇한 변화가 회상되었다. 나는 사실 그동안에 분노가 일 법한 대상이라면 아예 피해 버리거나, 아니면 멀찌가니 미뤄 두는 쪽이었다. 무난함과 원만함의 가치를 숭상했으며, 심각한 국면이라면 딱 질색하는 쪽이었다. 예의 박이 '정당한 분노의 고귀함'에 대해 이야기했을 때도, '엿 먹어라', 그런 기분이기나 했다. 내게는 '현실적 이익을 위한 적당한 타협'밖에는 '정당한 분노' 같은 것이 있어 본 적도 없다. 그렇게 하는 사이에 나는 현실적으로 실익이 되지 않는 모든 대상을 심드렁한 눈길로 넘겨 바라보기가 일쑤였다. 결과적으로 보아, 말하자면 분노할 준비가 전혀 되어 있지 않았다고나 할까? 몹시 낯설었지만, 내 가슴에서 처음으로 인 그 격동적 느낌은 차츰 더 치열해지고 있었다.

잉거햄은 콧노래를 흥얼거리고 있었다. 이제 나 따위는 훑어볼 가치도 없다 생각하고 제쳐 둬 버리기로 작정한 듯했다. 마릴린 먼로가 주연한 영화 「돌아오지 않는 강」의 주제곡이었다. 그것은 그의 기분이 최고 상태임을 나타내는 증거 가운데 하나였다. 그의 손에는 국장의 명함이 들려 있었다. 들여다볼수록 신기하다는 것처럼 요리조리 만지작거렸다.

조금 뒤 그는 앞자리에 놓아 둔 서류 가방을 당겨, 자기 무릎 위에 놓고, 가방을 열어 종이 하나를 꺼냈고, 가방을 닫은 다음에 종이를 그 위에 펴 놓았다. 나는 곁눈질로 그 종이를 보았다. 그것은 법무부 기구표였다. 김포의 국장과 과천의 국장 옆에 뭔가가 빼곡하게 적혀 있었다. 기구표는 아이비엠 볼 타자기로 작성된 것이었다. 사용한 볼은 흔히 '왕볼'이라고 불리는 굵직한 활자체였다. 오른쪽 아래에는 'Prepared by'라고 적혀 있었다. 'by' 다음에는 그 기구표를 작성하여 잉거햄에게 건네준 사람의 이름이 적혀 있을 터였다. 그런데 우연이었을까? 아니면 의도적인 것이었을까? 잉거햄의 오른쪽 엄지손가락은 바로 그 위를 누르고 있었다. 잉거햄은 왼손에 볼펜을 쥐고 기구표상 과천 국장 밑에다 명함의 이름과 전화번호를 또박또박 적어 넣고 난 다음, 볼펜을 속주머니에 넣고 나서 가방을 열어 기구표를 본디 자리에 돌려놓았다. 따닥 소리를 내며 닫힌 가방은 앞자리로 되돌아갔다.

그사이에 내 신경은 팽팽하게 곤두섰다. 그건 잉거햄의 계산이었을까? 그러고 보면 잉거햄의 계산은 과천으로 가는 동안 '그'에 대한 이야기에서부터였다. '그가 그 자신을 타인에게 노출시키기를 바라지 않고 있기 때문'이라던, 그 말은 굳이 할 필요가 없는 것이었다. 어떤 계산이 없었다면 그랬다. 이제 또 기구표를 그런 식으로 꺼내 나의 시야에 슬며시 던져 놓으면서 엄지손가락으로 'by' 아래를 가리고 있었던 것도 그랬다. 나의 내부에서 끓어오르는 것은 증오감이었다.

그랬다. 이간질이었다. 그것은 그의 상투적 방법이었다. 그런 줄 알고 있으면서도 우리네는 잘도 놀아나곤 했다. 어찌 잉거햄뿐이라 할 수 있으랴. Devide and Rule, 나눠 놓고 조지기, 그것은 그대로 제국주의자들의 상투적 방법이기도 했다. 미국 CIA의 제3세계 정책 기조가 그렇다던가. 우리식 비유대로라면 어부지리의 도모였고 손 안 대고 코 풀기였다. 그런 목적을 위해서라면 '누구'라는 구체적 개인을 노출시켜 두기보다는 '그'라고 표현해 두는 것이 더 효과적일 터였다. 그리고는 또 물증 삼아 기구표 정도를 넌지시 비춰 보이면서 작성자의 이름을 감춤으로써 이쪽의 의혹을 짙게 만드는 방법 또한 이간 극대화를 위하여 써먹어 볼 만할 터였다. 잉거햄의 굿노래는 이제 가사를 동반하기 시작했다.

"Gone, gone forever/Down the river of no return……."

도취 상태 같았다.

그가 도취 상태에 있는 듯한 그 시간, 나는 나의 증오를 다스려 내려 안간힘 쓰며, 한 사내의 얼굴을 열심히 좇고 있었다. 김이었다. 틀림없이 그놈이었다. 막연한 추측이 아니었다. 나는 그만 보아 버렸다. 기구표에 철자 하나가 잘못되어 있는 것을 고친 글씨 수성 펜의 잉크가 녹색이었음을. 그것은 김의 것이었다. 내가 알고 있는 한, 잉거햄 주위 사람들 가운데 그런 빛깔 잉크를 쓰는 사람은 김밖에 없었다!

나는 창밖으로 눈길을 돌렸다.

입맛은 너무 썼고, 바깥 날씨는 너무 벌겠으며, 차 안은 너무 서늘했다.

심정적으로 새로운 경험이 되풀이되고 있는 하루였다. 나는 이때까지의 내 행태로 보아 객쩍다 싶으리만큼 깊게 가라앉아, 나 자신에 대하여, 그리고 내가 살고 있는 세상에 대하여 곰곰이 생각해 보기 시작했다. 나로서는 잘 알지 못하는 낯선 세계로 막 발을 들여놓기라도 하는 듯한 심정이었다.

차는 남산 3호 터널을 지나가고 있었다.

어둠.

출구가, 적어도 아직은, 보이지 않고 있었다.

『현대문학』, 1990년 10월호.

아리랑

조그만 종이쪽지에 적혀 있는 주소의 번지에서 문패의 이름을 짚어 가기 여섯 번째 집에서 나는 발걸음을 멈췄다. 문간 야트막한 울짱 끝에 이어져 있는 우체통에 엽서 크기만 한 나무 조각이 붙어 있었고, 거기에 까만 글씨로 번지수와 함께 '木村一夫'라는 이름이 세로로 써 있었다. 틀림없다 생각하면서도, 나는 쪽지의 이름과 문패의 그것이 같은 것인지 되풀이하여 확인하였다.

불과 두 시간 전까지만 해도 나로서는 알지도 못하던 그 이름은 아직도 낯설기만 했다. 키무라 카즈오. 한자의 우리말 발음대로라면 목촌일부였다. 세상에 목촌일부라니? 나는 그 이름을 들고 여기까지 찾아오기는 했지만, 그런 이름을 가지고 있는 사람이 내가 찾고 있는 이동천 씨와 같은 인물일 거라는 확신은 좀처럼 들지 않았다. 그러면서도 약간 긴장되었다. 조금 전에 잠시 뿌린 비 때문인지, 바람결에는 싸늘하다 싶은 기운이 섞여 있었다. 늦은 오후의 가을 하늘은 맑았고 주위는 고요하기만 했다.

주위의 다른 집들과 비슷비슷한 키무라 카즈오의 집은 그 높이는 나지막하고 그 너비는 조붓한 목조였다. 제법 오래된 듯, 나무 표면은 검푸른 빛을 띠고 있었고 집과 도로 사이에 있는 화단은 두어 평쯤 될 듯했다. 그런데 거기에는 다른 화초들과 더불어 무궁화 두 그루가 있었고 빗물을 머금은 몇 송이 꽃은 선연한 느낌을 주었다. 우리나라에서도 벚꽃을 흔히 볼 수 있듯이 일본에도 무궁화가 많다는 것을 알고 있으면서도 볼 때마다 그 느낌은 각별했다. 낯선 거리에서 가까운 피붙이를 만난, 그런 애틋함 같은 것이라고나 할까. 키무라 카즈오라는 낯선 이름에도 불구하고 집을 제대로 찾아온 것 같았다. 바로 그 무궁화 두 그루 때문이었다. 한동안 헤매던 끝이었다. 내 마음의 긴장은 조금 더 팽팽해졌다.

아직 빨라. 나는 스스로를 진정시키려고 애썼다. 그러나 가슴의 두근거림은 멎지 않았다. 나는 가슴을 펴고 숨을 깊이 들이쉬며 징검돌을 밟고 현관으로 다가갔다. 현관 왼쪽 나무 기둥에 보랏빛 플라스틱으로 된 누름단추가 붙어 있었다. 잠시 망설이며 마치 엿보기라도 하듯이 집 안의 동정을 살펴보다가 나는 마침내 단추를 힘주어 눌렀다. 조금 뒤 슬리퍼 끄는 소리가 들리고, 곧 이어 문이 열리며, 50대 초반으로 보이는 약간 뚱뚱한 부인이 나타나서 나의 차림을 살핀 다음 물었다.

"누구를 찾으십니까?"

일본 말이었다. 일본에서 일본 말을 듣는 것이야 당연한 일일 텐데, 부인의 일본 말이 낯설었다. 나는 언뜻 대꾸하지 못했다. 난감했다. 무엇보다도 우리말로 대꾸해야 할지, 일본 말로 대꾸해야 할지, 판단이 쉽지 않았다. 내가 집을 바르게 찾아온 것이라면 부인은 숙모가 될는지도 모를 일이었다. 집안 숙모를 상대로 일본 말을 한다는 것은 쑥스럽고 우스꽝스러울 일이었다. 설령 부인이 일본인이라 할지라도 마찬가지일 것 같았다. 나는 난감한 마음을 떨쳐 버리지 못한 채 부인을 바라보고 서 있기만 했다. 부인은 수상쩍은 듯, 나로부터 눈길을 거두며 허리를 굽혀 보였다.

"잠깐만 기다려 주십시오."

부인은 조신한 몸짓으로 문을 닫고 집 안으로 사라졌다. 나의 난감함은 그 꼴이 조금 바뀌어졌다. 집을 잘못 찾아온 것 같았다. 일본 말을 하는 여자가 살고 있는 집에 나의 숙부가 살고 있을 것 같지 않았다. 그사이에 또 하나의 슬리퍼 소리가 다가오다가 문 앞에서 멎으며, 곧 문이 열렸다. 이번에는 예순 살쯤은 되어 보이는 남자가 나타났다. 부인과는 대조적으로 훌쭉한 몸집에 중키는 넘어 보였다. 그의 얼굴을 바라보던 나는 하마터면 탄성을 지를 뻔했다. 그는 나의 계산보다 조금이나마 더 나이 들어 보이기는 했지만 나의 숙부라는 것은 확인해 볼 필요가 없을 듯했다. 아버지와 꼭 닮은 모습이었다. 나의 내부에 뜨거운 느낌이 일기 시작했다. 그러나, 하고 나는 나 스스로를 억제했다.

"누구를 찾아 오셨습니까?"

그가 말했다. 역시 일본 말이었다. 나는 역시 입을 열 수 없었다. 마치 벙어리라도 된 듯했다. 쉽게 생각하고 일본 말로 이야기를 시작하면 그만일 텐데 그렇게 입을 열지 못한 채, 아버지를 꼭 닮은 그의 그 얼굴에 눈길을 붙박은 채 멍청히 서 있기만 했다.

"여기가 키무라 카즈오 씨 댁입니까?"

한참 만에, 나는 머뭇거리기는 했지만 또렷한 우리말로 물었다.

그는 놀라는 표정이 되어 나의 차림을 다시 한 번 더 살폈다. 그가 나의 우리말을 알아듣고 있다는 것은 분명해 보였다.

"어디서 오셨습니까?"

이번에도 일본 말이었다.

"한국에서 왔습니다."

"항, 항국에서?"

그는 민감하게 두 눈을 치떠서 나의 차림새를 훑어본 뒤 다시 입을 열었다.

"항, 항국에서 왔다고 했소?"

그는 어눌하기는 했지만 내가 충분히 알아들을 수 있는 우리말로 물었다. 전율 같은 느낌이 나의 뇌리를 빠르게 스치며 지나갔다.

"예, 그렇습니다. 한국에서 왔습니다. 한국, 서울에서."

서울이라는 것은 일본에서 나를 밝힐 때 버릇이었다. 북쪽 한국이 아니라 남쪽 한국에서 왔다는, 그런 분별이 필요했다.

"내가 키무라 카즈오요. 무, 무슨 일로 나르을 찾소?"

그는 또박또박 말하려 애썼다.

"죄송합니다만 집 안에 들어가서 말씀드리도록 해 주십시오."

그는 한참 동안 나를 바라보고 있기만 했다. 그렇게 바라보고 있다가 나의 청을 거절한 채 문을 도로 닫아 버리기라도 할 것 같았다. 그러나 그는 마침내 결심했다는 것처럼 한 발 비켜서서 나를 집 안으로 들어가게 해 주었다. 그의 뒤에 붙어 서서 이야기를 듣고 있던 부인도 몸을 오므려 길을 열어 주며 허리를 조금 굽혀 보였다.

밖에서 보았던 대로 집 안은 좁았다. 우리나라 식으로 말한다면 열서너 평짜리 아파트 넓이쯤 될 듯했다. 나는 그가 이끄는 대로 다다미가 깔려 있는 넓지 않은 방으로 들어갔다. 썰렁했다. 방 한편에 자기로 만든 커다란 화로가 있었으나 불기운은 없는 것 같았다. 부인은 벽에 붙어 있는 미닫이를 열고 방석을 꺼냈다. 절을 올리고 앉아야 하는 게 아닌가. 나는 망설였다. 그는 부인으로부터 방석을 받아 하나는 내 쪽에, 다른 하나는 자기 쪽에 놓았다. 그가 먼저 자리에 앉았다. 절보다는 우선 앉아서 촌수부터 따지고 보는 게 맞을 듯했다. 나도 방석 위에 앉았다.

앉아서 다시 바라보아도 그는 역시 아버지를 닮은 얼굴이었다. 가슴이 조금 더 뜨거워졌지만 덤비지 않으려고 애썼다. 우선 신분을 밝혀야 할 듯했다. 그런데 어떻게 시작해야 할지, 좋은 생각이 언뜻 떠올라 와 주지 않았다. 머뭇거리는 사이에 그가 먼저 입을 열었다.

"항, 항극에서 왔다고 했소?"

"예."

"항, 항극이라 카만 항극 어데서 왔소?"

"남촌입니다."

나는 어느 도 어느 군에 있는 남촌이 아니라 그냥 남촌이라고, 그래 봐야 조그만 시골 마을에 지나지 않는 내 고향 이름을 댔다.

"남촌을 아십니까?"

나는 덧붙여 물었다.

그의 눈동자가 커졌다.

"아지. 남촌이라 카만 아고 마고지. 어예 모를 수가 있겠소. 그라이께 거게가 남촌에서 왔다, 이 말이오?"

내가 '예' 하고 대꾸하자, 그는 그다음을 이었다.

"무슨 일로 나르을 찾아왔소? 나르을 어예 아시오?"

나는 이번에는 오래 머뭇거리지 않았다.

"이동재 씨를 아십니까? 그분이 제 아버지십니다."

나는 이렇게 말하는 것이 가장 빠르다고 생각했다. 그의 눈동자가 더 커졌다.

"머시라꼬 했소? 이동재 씨가 아부지라고 했소?"

"예, 그렇습니다."

한동안 나의 얼굴을 향해 붙박인 눈길을 보내던 그는 무릎걸음으로 다가와서 격정적인 몸짓으로 나의 두 무릎을 움켜쥐었다. 이번에는 그의 눈길이 나의 눈동자를 파고들었다. 누구라 할 것 없이 다혈질적인 남촌 사람의 표정이 그 얼굴에 확연하게 드러났다.

"그래만 거게가 신짱인가?"

그쯤에서야 알아차리게 되었는데 그의 입술이 심하게 떨리고 있었다. 삶에 지치고 나이 들어 늙어 짓물러 버린 눈자위가 불그레해지면서 물기가 배어들었다. 나의 코허리에 시큰한 느낌이 스치고 지나가며 눈시울이 알알해졌다.

"아닙니다. 고오짱입니다."

나는 놀랍게도 어린 시절 나의 일본식 이름을 기억해 냈다. 나로서는 한 번도 써먹어 본 적이 없는 이름이었다. 그것은 다만 어머니의 지난날 이야기에서 때로 들먹거려지기나 하던 이름일 뿐이었고, 내 유년 시절에 누군가가 나를 고오짱 고오짱 하고 불렀던 듯한 기억이 희미하게 남아 있을 뿐이었다. 그런데 나는 머뭇거리지도 않고 그 이름이 내 이름입니다, 한 것이었다.

"하, 고오짱이라? 하, 차말로 거게가 고오짱이라? 하!"

그는 일본 사람들이 감탄할 때 흔히 내곤 하는, 헛바람이 빠지는 듯한 그 소리를 거푸 내뿜었다.

"하, 차말로!"

그는 아무래도 믿어지지 않는다는 것처럼 나의 얼굴로부터 눈길을 떼지 못했다.

"그래, 그러쿠마. 어예 아까 첨 밨을 때, 우리 형님, 그라이께 거게 아부지 좀 마이 닮은 것 같다는 생각은 언뜻 했으면서도, 어데거게 고오짱이 나르을 이래 찾아올 줄이야 어예 생각이나 해 볼수가 있었겠는가. 하! 이기 차말로 생신가, 꿈인가, 나는 차말로 알 수가 없네. 차말로 내가 머언 말을 해야 할지, 하 이거……."

숙부—이제 그런 호칭으로 불러도 되리라—는 우리말을 하기 무척 힘들어했지만, 잃어버린 말들을 되생각해 내려고 애쓰고 있었다. 그는 뭔가를 이야기하고 싶어 하면서도 그것을 제대로 표현해 내지 못한 채 입술만 부들부들 떨었다. 입술 양쪽 꼬리에 침이 흘러내리고, 눈자위는 조금 더 붉어졌으며, 눈동자에는 물기가 반들거리고 있었다. 아직 소개받지는 않았지만 숙모라고 믿어지는 부인이 찻잔을 쟁반에 받쳐 들고 들어오다가 문 앞에서 엉거주춤 서서 숙부를 바라보았다. 숙부는 한참 만에야 숙모를 발견하고 손을 들어 자기 눈자위부터 먼저 씻어 냈다.

"하, 들어와."

일본 말이었다.

"이 사람이 고오짱이야, 고오짱. 내가 늘 이야기했지? 우리 큰집에 신짱하고 고오짱이 있다고. 신짱은 이 사람 형이야."

들떠 있는 목소리였다. 뭔가 신기한 것을 설명하기라도 한 듯했다. 조금 전 우리말을 할 때와는 달리 더듬거리거나 머뭇거리지 않는 숙부의 일본 말이 몹시 낯설게 들렸다.

"요레 얼라 때……."

어린 아기를 품에 눕혀 안는 손 모습을 지어 보였다.

"헤어졌는데 이래 커서 날 찾아왔어. 하, 차말로."

이번에는 또 더듬거리는 우리말이었다.

"아, 그렇습니까?"

숙모는 일본 여자 같은 표정과 고갯짓으로 그렇게 대꾸하며 방 안으로 들어왔다. 나는 일어섰다. 이제 촌수 따지기가 끝났으니까 절을 해야 할 것 같았다.

"숙부님, 절 받으십시오."

내가 절을 올릴 자세를 지어 보이자 숙부는 어쩔 줄을 몰라 하며 일어서다가, 내가 허리를 굽히기 시작하자 엉거주춤 도로 앉았다.

"그래그래. 하, 이거 차말로."

숙부의 콧물이 방바닥에 떨어졌다. 숙부는 두 손으로 얼굴을 썩썩 문지르며 거푸 고개를 끄덕거렸다. 나는 다시 몸을 일으켜 숙모를 향했다.

"절 받으십시오."

숙모는 숙부보다 더 당황했다.

숙부가 손을 휘저어 보였다.

"괜찮아, 조카라. 조카한테는 절을 받는 법이라. 첨이이께 같이 절을 해."

숙부는 이번에는 우리말로 숙모에게 일렀다. 숙모는 숙부의 말을 알아들은 듯, 서둘러 쟁반은 다다미 위에 놓고, 나를 향해 우리식의 큰절을 했다.

"아, 아고, 차말……."

나는 절을 한 다음 일어서는 숙모 입에서 나온, 우리말 비슷한 그 음절들을 신기해했다. 숙모가 우리나라 사람이라는 것을 비로소 확인한 듯한 심정이었다. 숙부는 내 손을 끌어당겼다. 거칠고 굳센 느낌을 주는 손이었다. 나는 숙부가 이끄는 대로 숙부 무릎 앞에 바투 다가앉았다. 숙부의 눈길이 다시 나의 눈동자를 파고들었다. 아무래도 믿어지지 않아서 다시 한 번 더 확인해 보아야겠다, 그런 것 같았다. 자꾸 닦아 내고 있기는 했지만 숙부의 그 눈에는 물기가 걷히지 않은 채 그렁거리고 있었다. 숙부는 때때로 콧물을 훌쩍거리기도 했다.

"맞네, 맞아."

숙부는 스스로 그렇게 결론을 내리는 듯했다.

"하, 이거 차말로, 내사 머언 말부터 시작해야 할지 알 수가 없네. 하, 차말로."

괴로워하는 빛이 숙부의 얼굴을 스치고 지나갔다.

그 당장에 무슨 말을 어떻게 해야 할지 생각해 내지 못하고 있는 것은 나도 마찬가지였다. 바라볼수록 더 답답해지기만 했다.

그러나, 마침내 숙부를 만나기는 만났다, 나는 그렇게 나 스스로에게 일렀다.

나는 회사 일 때문에 도쿄에 더러 가는 편이었고, 오사카에도 두어 차례 들른 적이 있었지만, 교토에 있을는지도 모른다는 숙부를 찾아보는 일에는 별로 관심이 없었다. 내가 나의 출생지로서의 교토를 찾아보려 하지 않았던 것은 숙부를 찾아보는 데 무관심했던 것과는 다른 이유에서였지만, 교토에 발걸음을 하지 않았다는 결과로 보아서는 마찬가지였다.

내가 태어난 곳으로, 내게 그리움의 대상이 될 교토는 두고두고 내 나라를 괴롭혀 온 일본의 한 도시였다. 그렇다고 하여 교토를 굳이 기피해야 할 이유는 될 수 없다 생각하면서도 일부러 교토에 가 보자는 마음이 되었던 적은 없다. 오사카에서 교토는, 서울에서 인천처럼 지척이나 마찬가지인데도 그랬다.

아버지는 내가 일본에만 간다 하면 숙부의 소식을 알아봐 줄 것은 은근히 기대하곤 했으나, 한 번도 드러내 놓고 말한 적은 없다. 그것은 숙부에 대한 그리움이 식어서라기보다는 얼마만큼은 체념하고 있었기 때문이었을 것이다.

해방 뒤, 일본에 있던 모든 한국인들이 귀국을 서두르던 그때, 열여덟 살이던 숙부는 규슈로 돈벌이를 하러 가서 돌아오지 않고 있었다. 처음 떠날 때 이야기대로라면, 또 그게 아니라 할지라도 전쟁이 끝났다 하면 벌써 돌아왔어야 할 텐데 숙부는 나타나지 않았다. 무슨 일이라도 당한 듯했지만 알아볼 길은 없었다. 이웃에 있던 동포들이 서둘러 떠나고 있었고, 또 시기를 놓치면 돌아갈 수 없을는지도 모른다는 소문이 돌고 있는 판이어서 더 기다리고 있을 수가 없었다. 혼자 몸이야 어떻게든 빠져나오겠지 하는 기대에서, 아직 떠나지 않고 있던 이웃에게 편지 한 장만 남겨 놓고, 아버지는 우리 형제와 다른 가족들을 데리고 고향으로 돌아왔다. 이것이 내가 아버지와 어머니의 넋두리 같은 회상을 통해 들은 이야기의 요약이다.

'그 뒤에 왜 연락을 끊으셨어요?'

언제였던가, 내가 아버지에게 이렇게 물은 적이 있다.

'끊을라고 해서 끊은 건 아니었지. 그때 편지를 맽기 논 추 씨가 그 편지를 그양 가주고 돌아왔지. 추 씨가 거게를 떠날 때까지도 너 숙부가 오잖았다고. 그래도 및분이나 그 집 주소로 편지를 보내 보기는 했지. 그런데 한분 간 편지는 오도 가도 안 했지. 그래다가 또 바빴고, 그라다 보이께 세월은 자꾸 가 뿌리고, 또 길이 멕혔고, 또 얼매 뒤에는 전쟁이 나서 여러 해 동안 허덕거려야 했고, 그래다가 고만 모도 이자뿌리고 살았던 거지. 그래 됐던 거지.'

아버지는 많은 세월을 그렇게 흘려보낸 뒤, 마음속으로 어떤 형태로든 결론을 내려 놓고 있는 듯했다. 아버지와 숙부 사이에는 고모가 셋이 있을 뿐, 남자로는 단 형제뿐이어서 숙부를 몹시 그리워하곤 하던 아버지는, 어느 날부터였던가, 숙부 이야기를 입에 올리지 않게 되었다. 그러면서도 아버지는 숙부가 어디에든 살아 있을 거라는 기대를 포기하지 않고 있는 듯했다. 그래서 겉으로 표를 내지는 않으면서도 마음으로는 언제나 일본 쪽 소식을 궁금해하며, 기회가 있을 때면 더러 수소문을 해 보기도 하는 눈치였다. 내가 일본 출장에서 돌아오기만 하면, 내 아이들이 선물 꾸러미가 궁금해 매달리듯, 나를 향해 간절한 눈빛이 되곤 했다. 그러다가 내가 아버지의 눈길을 슬며시 피해 버리면, 아버지는 어쩔 수 없다는 것처럼 또 체념 쪽으로 돌아가, 담배나 태우며 아득한 표정이 되곤 했다. 그때마다 미안스러웠지만, 요다음에는 꼭 교토에 들러 확인하여, 아버지를 실망하게 하지 말아야겠다는 식의 마음은 우러나오지 않았다.

이번에 내가 교토를 찾은 것은, 아버지의 간절한 눈길에 대한 답을 마련하기 위해서보다는, 나 자신이 지난날을 몹시 그리워할 나이가 된 때문이었을 것이다. 그런 마음이 일본의 한 도시인 교토에 대해 괜히 불편한 선입감에 우선하여 나의 발길을 교토로 이끌었을 것이다. 그래서 나는 김포를 떠나 오사카를 향해 날아오면서, 우리 일행이 주로 일을 보게 될 오사카에서 얼마 떨어지지 않은 곳에 교토가 있는데 하고, 새삼스러운 생각을 해 보게 되었고, 그 생각은 이번에는 교토에 한번 가 보기라도 해야지 하는 쪽으로 조금 더 나아가 보게까지 되었다. 그리하여 오사카에서의 일정 사흘째가 마침 일요일이었으므로, 나라 지방 관광을 가는 일행으로부터 빠져나와 철도편으로 교토에 갔다. 그리고 교토역에서 기차를 갈아타고 내린 곳은 산인센〔山陰線〕의 하나조노〔花園〕역이었다.

하나조노는 내가 태어난 곳이며, 숙부를 포함한 우리 가족이 해방될 때까지 모여 살던 곳이었다. 내 호적에 보면 나의 출생지로서 하나조노 주소가 적혀 있다. 나는 그것을 일부러 외워 두려 한 적이 없었는데도, 교토에 가야겠다 생각했을 때, 마치 기다리고 있기라도 했던 것처럼 번지수까지 틀림없이 떠올라왔다. 그래서 지도를 봐 가며 하나조노까지 가기는 갔지만 나는 아무것도 확인해 볼 수 없었다. 어머니의 회상대로라면 오래된, 조그만 목조 가옥들이 다닥다닥 붙어 있어야 하는데, 내 시야에 펼쳐져 있는 것은 모두가 새로 지은 커다란 집들이었다. 10층쯤은 될 높직한 건물도 하나 있었다. 잡화상에 들어가 주인을 찾아 물어보았으나 그 주인은 마치 선사 시대 이야기를 듣고 있는 듯한 표정이 되어 고개를 갸웃거리고 있기나 하다가, 그 정도의 기억만으로는 아무것도 찾을 수 없을 거라 했다. 그럴 수밖에 없을 것 같았다. 어머니의 회상과 현실 사이에는 40여 년의 세월이 가로놓여져 있었다. 내 출생지의 흔적이나, 아니면 숙부의 안부나마 알아보려 했던 당초 목적은 일찌감치 포기해 버리는 편이 나을 듯했다.

아무리 둘러보며 짚어 보아도 어머니나 아버지의 회상만으로는 더 찾아볼 게 없을 듯했다. 그 정도만 가지고 덤벼든 것부터 무리였다 싶었다. 나는 하릴없이 발길을 돌려 다시 교토로 가는 기차를 타려고 하나조노 역 계단을 밟고 올라가기 시작했다. 바로 그 순간에 신비스러운 영상 하나가 떠올라왔다. 회상에 잠긴 어머니의 아련한 표정이었다. '만고 타국에서 적적할 때면 너들 형제를 데리고 묘심사에 산뽀 가곤 했었지.' 회상에 젖은 어머니의 목소리였다. 계단 옆에는 활짝 핀 코스모스가 화사했다. 나는 그 앞에 쭈그리고 앉아 지도를 펼쳤다. 손가락 끝으로 한참 더듬어서 '妙心寺'라고 적혀 있는 곳을 찾고 보니 역에서 가까웠다. 지도로 보아 2, 3백 미터쯤 될 듯했다.

나는 가까이 있는 사람에게 묘심사 위치를 물었다. 아, 묘신지. 그 사람은 한참 만에야 나의 말을 알아듣고, 친절한 표정으로 묘심사 가는 길을 자세하게 이야기해 주었다. 묘심사는 금세였다. 나는 널찍하고 정갈한 절간 마당을 한가롭게 둘러보면서, 어느 세월에서였던가, 젊은 어머니 품에 안겨 그 마당을 거닐었을 어린 시절 내 모습을 더듬어 보았다. 진한 취기 같은 느낌이 나를 에워쌌다. 그런 기분은 곧 어머니의 그 시절 모습에 대한 회상으로 이어졌고, 그것은 또 내 윗세대의 생애에 대한 연민 같은 감정 쪽으로 나아갔다. 그러다가 그 당시 열여덟이었다는 소년 숙부의 모습과 집안 장형으로서 그 막내 동생을 그리워하는 아버지의 애달픔까지 새삼스레 회상해 보게 되었다. 그쯤까지 나아가고 보니까 어떻게든 숙부의 안부를 알아볼 만큼은 알아보아야겠다는 마음이 되었다.

그때부터 우리 가족이 살았다는 하나조노 오기노초 부근을 샅샅이 뒤지다가 나는 결국 정성운 씨를 만나게 되었다. 오기노초로부터 서쪽으로 1킬로미터쯤 올라간 곳에서였다. 그것도 역시 어머니의 회상에 의한 거였다. 오기노초에서 서쪽으로 쭉 나가서, 아라시야마로 가는 철길 건너에도 우리나라 사람들 여럿이 살았었지. 이것이 어머니의 기억이었고, 나는 그 기억을 따라 가서 마침내 철길을 건너섰고, 거기서 물어물어 더듬던 끝에 정성운 씨를 만났다.

"하, 정성운 씨를 만냈어?"

나의 이야기에 귀를 기울이고 있던 숙부는 감탄했다.

"하, 차말로 용하네. 바로 그 사람뿐이라. 일본 천지에 해방 전부터 나하고 아던 사람으로 내 여게 있는 줄 아니(아는 이)는 정성운 씨, 그 사람 하나뿐이라. 나는 아무한테도 내 여 사는 줄 알리잖고 살았거든. 하, 차말로 나를 찾니라고 참 욕 마이 밨네."

숙부는 콧물을 또 훌쩍 들이마시며 두 눈을 끔벅거렸다. 아무래도 그 눈자위에 물기는 지워지지 않았다. 숙부는 무슨 말인가를 더 이어 나갈 듯하다가, 자기가 표현하고 싶은 그것이 잘 생각나지 않아 답답하기만 하다는 것처럼 고개를 떨어뜨리며, '참 욕 마이 밨네' 하고 같은 말을 되풀이했다. 조금 뒤에 다시 고개를 든 숙부는 이번에는 나를 바라보지 않고 천장을 쳐다보며, 참, 참, 하다가는, 또 아무래도 믿어지지 않는다는 것처럼 내 얼굴을 들여다보며 고개를 끄덕거렸다. 아무리 들여다보아도 조카가 온 것이 사실이긴 한데 할 말은 없다, 그런 것 같았다.

서로가 말머리를 제대로 열지 못한 채 얼굴만 쳐다보며 좀 난감해하는 상태는 저녁 식사 뒤까지 이어졌다. 그런데 초장에 충격적으로 달아올랐던 분위기가 얼마간 수그러지고 났을 때, 나는 숙부의 표정에 어리는 야릇한 기운을 느낄 수 있었다. 그것이 무엇이고, 무엇 때문인가, 알아차릴 수는 없었지만, 뭔가 차가움이 느껴졌다. 나는 혹시라도 숙부를 대하는 나의 예절이 잘못되었던가 싶어 되짚어 보았으나 그 이유는 아닌 것 같았다. 나는 숙부가 벅찬 감정을 제대로 추슬러 내지 못해 그런 것인가 보다, 그렇게 생각하려 하며, 숙부의 기분을 풀어 주어야겠다는 심정으로 먼저 입을 열었다.

"그동안에 왜 연락이 없으셨습니까?"

나의 질문에 숙부의 표정은 조금 더 차가워지는 듯하더니, 마침내는 얼굴을 돌리기까지 했다. 나는 비로소 알아차렸다. 숙부의 차가움이 벅찬 감정, 그런 것 때문은 아닌 듯했다. 한동안의 침묵 뒤, 숙부는 별건 아니라는 듯한 표정을 지으며, 그러나 처음보다는 훨씬 더 무거운 어조로 입을 열었다.

"글때 나는 구주로 돈 벌로 가 있었는데 어예어예 하다 보니 좀 늦게 집에 왔지. 그런데 모도 고국으로 가 뿌리고 아무도 없었어.

지내 놓고 보이께 글때 형편이 모도 그랬으이께 그랠 수도 있었겠다 싶었지만, 그 당시에는 야속한 생각이 들더구만. 세상에 암만 그래도 편지 한 장도 남구잖고 나를 만고 객지인 이곳에 혼자 떨자 논 기, 그 당장에는 섭섭하더구만."

그쯤에서 아, 하고 생각나는 게 있었지만, 숙부의 이야기가 이어지고 있었으므로 나는 잠자코 있었다.

"그라고 나서도 고국에 갈 수도 있었지만, 가 바도 별 수 없겠고, 혹시라도 일본에 머시 벌이가 좀 없으까 하고 이리저리 댕기다가 고만에 길이 멕힜고, 그래그래 하다 보이께 고만 못 가게 돼뿌랬지. 머 그래다 보이께 어예어예 소식도 없어지고, 또 이자뿌리고……."

나는 숙부가 잠깐 말을 멈춘 틈을 타서, 아버지가 떠날 때 편지를 이웃 누구에겐가 남겼는데, 그게 되돌아왔다는 것과, 그래서 숙부가 원망하셨을 거라는 말씀을 여러 차례 되풀이하더라는 이야기를 했다. 숙부는 놀란 표정이 되었다.

"그래? 이웃 누구한테?"

"추 씨라고 하셨던 것 같습니다. 아, 맞습니다. 뒷개 추 씨라고 하셨습니다."

잠시 생각해 보는 표정이던 숙부의 얼굴에 몹시 낭패스러워 하는 기운이 역력하게 떠올라 왔다.

"아, 그랬었구만. 그러만 그렇지. 우리 형님이 그라실 분이 아닌

데. 날 얼매나 귀애했는데. 아, 그랬었구만. 나는 또 그런 줄도 모르고 참, 내 참…….”

숙부는 자못 한탄스럽다는 낯빛이 되어 고개를 끄덕거렸다.

나는 곧 말을 이었다.

“그래서 편지도 안 하셨습니까?”

“아니라, 꼭 머 그래서는 아니라. 글때는 머 좀 바빴지. 바빠서 그런 생각도 못했고, 그라다 보이께 세월이 흘러가서 이자뿌릿고 그랬지 머. 그랬지 머.”

나는 그제야 아버지 어머니의 회상에서나 숙부의 이야기에 나오는 ‘바쁘다’라는 말의 뜻을 헤아려 볼 수 있을 것 같았다.

숙모가 조그만 술상을 들고 들어왔다. 술병도, 술잔도 모두 하얀 자기였다. 술잔은 우리 소주잔보다 조금 작았고 술은 일본 정종이었다. 나는 술병을 들어 숙부의 술잔에 술을 따르며 숙부의 얼굴을 살폈다. 조금 전까지만 해도 짙은 구름처럼 드리워져 있던 차가운 기운은 어느덧 말끔히 지워지고, 처음보다 훨씬 차분해지기는 했지만 역시 약간 들뜬 표정이 그 얼굴에 실려 있었다. 숙부가 따라 준 술잔을 내가 들어 몸을 돌려 숙부에게 술잔이 보이지 않도록 하여 마시니까, 숙부는 그 모습을 물끄러미 바라보다가, 응 그런 예절이 있기는 있었지 하는 표정으로 고개를 끄덕거리기나 했을 뿐, 말리거나 하지는 않았다. 숙부는 술잔을 두 차례 비워 내고 나서 입을 열었다.

"그래, 글때는 차말로 바빴어. 머 옆 돌아볼 새도 없었어. 내뿐만 아니라 모도 어려웠어. 그런 중에 어예다가 또 이 사람과 혼인이라고 하고……. 머 혼인이라고 할 기야 있는가? 타국에서 그양 고적한 동포끼리 만낸 기지. 그래서 서로 의지해 가며 같이 살았던 기지. 글때는 머 내 옆에 아무도 없었으이께, 그저 이 사람하고 서로 의지하고 살았던 거지. 머 그랠 수밖에 없었던 거지."

숙모는 술상 옆에서 아무 말도 하지 않은 채 석상처럼 가만히 앉아 있기만 했으나, 우리 대화를 알아듣기는 하는 것 같았다. 때로 고개를 끄덕거리기도 하고, 치마꼬리로 눈자위를 찍어 내기도 하고, 손등으로 코끝을 누르기도 했다. 어느 면모로 본다 해도 우리나라의 수수한 아낙네 같은 분위기를 풍기고 있어서, 첫 장면에서 들었던 유창한 일본 말만 아니라면, 집안 숙모로서의 푸근한 정감을 쉽사리 느낄 수 있을 듯했다. 숙부의 이야기는 이어지고 있었다.

"어예 댔든동, 그래 만내서 식구가 하나 더 느이께 또 더 바빠야 했지. 그래다가 아아까지 생기니 참 몸 달대. 글때 이 사람은 및 푼 벌지도 못하민서 직조 공장에 나갔고, 머 그라이께 아아들은 종일 저들끼리 집에 있었고, 그라이께 병이 날 수밖에 없었지. 병이 났다고 머 옳기 치료라도 해 줄 수 있었는가? 그라이께 갈 수밖에 없었지. 그래그래 하다 보이께 큰 거, 둘째, 싯째, 차례로 띠와 보내고, 게우 이치로 그거 하나 붙잡았지. 가아는 지금 여게 경도

대학 물리학과에 댕기고 있어. 나는 물리학과라는 기 머언 학문하는 곳인지 잘 모르지만, 하이튼 그기 대단히 어려운 건가 바. 가아는 밤낮으로 공부에 매달리고 있는데도 그래도 시간이 모지래는 기라. 가아는 장차 박사하겠다고 해. 나는 가아가 하는 대로 바라보고 있겠지만 머 장차 머가 대도 대겠지. 나는 그래 믿고 있어. 경도대학은 옛날에 제국대학이잖아. 제국대학이라 하만 옛날에는 대단했어. 내한테 끝에 작은아부지가 경성제국대학, 거게 댕기실 때 온 골이 요란했거든. 거 아무거시 끝에 아들은 제국대학 댕기서 냉중에 군수 영감 돼 가주고 올 기라고. 결국은 고생만 하시고, 학병으로 끌리가서 남양군도 머나먼 타국 땅에서 고국에도 돌아오지 못하는 고적한 혼이 돼 뿌리싰지만, 그래도 나는 이치로가 경도대학 딜 갈 때는 차말로 큰 베실이라도 한 기분이더구만. 나는 일본에 건네와서 반백 년 고생고생 하면서 살아서 게우 이치로 그아 하나 남았어. 나는 머 내 인생에서 암만 돌아바도 그거 하나뿐이라. 차말로 그거 하나밖에는 없어. 그런데 그기……."

숙부는 그다음에 이어질 말 한 자락을 접는 표정이 되어 술잔을 들어 단숨에 비워 냈다. 갈증이 심한 듯했다. 그리고는 역시 좀 난감해하는 표정으로 빈 술잔을 들여다보고 있었다. 첫 장면 이후 숙부의 표정은 열 번도 더 바뀌어지고 있었다. 나는 파란 대나무가 그려져 있는 하얀 자기 술병을 들어 숙부의 빈 잔을 채워 주며 물었다.

"요즘은 무얼 하고 계십니까?"

숙부는 내가 따라 준 술로 입술만 축이는 식으로 조금 마시고는, 마치 술을 아끼기라도 하듯이 술잔을 상에 놓았다. 숙부는 손바닥으로 입 가장자리를 썩썩 닦다가 손길을 멈추고는 비로소 나를 바라보았다.

"요새나 옛날이나 만날 그렇지 머. 어데 특별한 게 있는가. 그저 걸리는 대로 하고 있지. 작년부터는 채소 장사를 좀 하고 있어. 저 촌에 가서 좀 싸게 사다가, 여게 경도 와서 팔만, 이(利)가 좀 남고, 그렇지 머. 그렇지만 인제는 먹고사는 데는 지장이 없어. 인제는 아아가 열이 있어도 굶길 염려는 없어."

"처음에는 바빠서 그러셨다지만 이제는 지낼 만하신데도 왜 고향 찾으실 생각을 안 하셨습니까?"

숙부는 나의 질문이 뜻밖이라는 것처럼 나를 바라보기만 할 뿐, 얼핏 대답하지 못했다. 표정이 굳어지는 쪽이기에 또 아까의 차가움이 떠오르는 것인가 했는데, 그게 아니었다. 괴로워하는 빛이 역력했다. 나는 숙부에게 가혹한 질문을 성급하게 했다는 후회를 머금었다. 내가 다른 화젯거리를 서둘러 궁리해 보고 있는 사이에 숙부가 입을 열었다.

"그거 머, 나도 잘 모르겠어. 및 해 전부터 모도 고국에 간다 하고, 또 갔다 왔다 하고, 그래 쌓는데, 동포들을 별로 만내잖고 지내지만 그런 소문은 듣고 있었는데, 그래고 나도 고향 생각이 참 간절하고, 아니들도 보고 싶고, 아 그래고 머머, 그랬는데, 그랬는데 머 고만 모도 이자뿌리고 살자, 그랬지 머, 그런 생각이 들었던 거라. 나도 잘 모르겠는데 아매 그랬을 기라. 내가 밥 굶을 걱정은 없게 됐을 때, 나는 하매 다 늙었고, 그렇다고 내 인생에서 버젓한 업적도 없고, 생각하만 가슴에 한만 가득하고, 그래서 열두 살 홍안 소년으로 떠나온 고국 강산에 금의환향할 수 없을 바에야 고만 이대로 이자뿌리자, 머 이자뿌리는 게 낫다, 그게 낫다, 그래야 한다, 그래 생각했던 기라. 몸또 늙고 맘또 늙고, 수륙만리 타국 땅에서 이래 천디기(천덕꾸러기) 대 가주고 조상 문전 어예 넘으꼬 하이, 아 고만 이자뿌리자, 그기 낫다 싶은 맘밖에 없었던 기라. 내이 몸 가주고 어예 조상님들 만내꼬, 어예 형제들 만내꼬, 어예 아니들 만내꼬, 내가 어예 언제쩍에 아무거시라고 이야기할 수 있으꼬, 거 머 내 살아온 지낸 날들을 어예 이야기할 수 있으꼬, 머 이래 생각하이께 고만 마카 이자뿌리자, 이런 생각밖에 나잖더구만. 그래 머머, 내사…….”

숙부는 듣고 있기에 안타까울 정도로 열심히 고향을 찾지 않은 이유를 설명하려고 애쓰고 있었지만 말은 차츰 더 막히는 쪽이 되었다. 하기 어려운 말을 할 때 더 더듬거리게 되는 듯했다. 숙부는 또 술잔을 들었다. 어느덧 취기가 도도한 판이었다.

“너무 많이 하시는 거 아닙니까?”

숙부는 손부터 내저었다.

"괜찮아. 나는 평소에도 술을 쪼맨썩 하거든. 첨에는 술을 통 못 했는데, 저역에 이런 생각, 저런 생각 하다 보이 잠이 잘 안 와서, 그래서 쪼맨썩 마신 게 인제는 인이 배서 이래 자꾸 먹어. 그래도 머 괜찮아. 안죽까지는 실수한 적도 없어. 우리 형님도 술 안 하시지?"

"조금씩 하십니다."

"응, 그러쿠마. 형님도 옛날에는 통 안 하싰는데, 돈도 없었지만 우리 집안에는 저 내앞 작은아부지, 그라이께 거게한테 작은할배 되시는 그 어른 빼놓고는 본대 술을 안 하싰는데, 그런데 형님도 술을 하시고, 나도 이래 술을 마시는구만. 응, 그러쿠만. 세월이 그래 변했구만. 응, 그러쿠만."

숙부는 잠시 잇몸을 드러내 놓고 웃어 보이는 듯했다. 그러나 그 모습을 다시 보면, 세월의 어이없는 흐름을 한탄스러워 하는, 그런 표현 같았다. 숙부는 입술을 내려 웃음 같기도 한 그 표정을 거두며 다시 입을 열었다.

"아 참, 내 말하는 거 답답하지?"

나는 아니요 라고 말하지 않고 잠자코 있었다.

"나는 항국말 안 이자뿌릴라고 애를 쓰기는 썼지. 그런데 그게 잘 안 댔어. 먹고살다 보이 그게 맘대로 안 댔어. 일본 사람들 왜 그래는지 잘 모르겠어. 그 사람들 항국 사람이라 카만 꼬수까이(심부름꾼)로도 잘 안 쓸라고 그래. 그래서 일본에서 항국 사람 돈

벌어먹기 어려와. 그래도 일본 사람 댈라꼬는 안 했지만 내가 항극 사람이라는 거 일부로는 표 안 낼라고 그랬어. 참 남사시럽지만 그건 사실이야. 그래 해서는 안 댄다 하면서도 그게 잘 안 대대. 배고프고 급하이께 그게 잘 안 대대. 그러나 나는 어데까지나 항극 사람이라는 거 안 이자뿌릴라고 마음만으로는 노력했어. 그라고 항극에는 내 부모, 내 형님, 내 누님들, 그라고 내 조상님들, 그라고 내 아니들 모도 있다는 생각 꼭 안 이자뿌릴라고 했어. 차말로 맘만으로는 애를 썼어. 나는 머 이름도 목촌일부라고 그 백장 놈매이로 바꽈 뿌렀지만, 그래도 차말로는 내가 이동천이라는 거 이자뿌리잖을라고 애를 썼어. 내가 이래 수륙만리 타국 땅에서 걸벵이보다도 못하게 살고 있기는 하지만, 그래도 오얏 이 짜, 진성 이씨, 퇴계 자손이라는 거는 이자뿌리지 않을라고 애를 쓰기는 썼어. 그런데 그게 잘 안 댔어. 나는 참 남사스럽게도 내 아아, 그 이치로한테도 항극 이름 안 지줬어. 하기사 부르만 일랑(一郎)이도 대지만, 내 이름을 카즈오라고 하잖고 일부라고 해도 일본 이름이기는 맹 똑같지 머."

숙부는 어느덧 땀을 흘리고 있었다. 싸늘한 기운이 감도는 다다미방이었다. 나도 어쩔 수 없이 마음속으로 땀을 흘리며, 두 눈을 바로 뜨고, 숙부의 말을 한마디도 놓치지 않으려고 애썼다. 말을 더듬거리기는 했지만 숙부의 한마디 한마디는 그 어느 경우보다 더 강렬하게 나의 오관을 파고들고 있었다. 나는 내 집안의 어른들과 이토록 가까운 느낌이었던 적이 없었다.

“그라고 나는 이치로, 그 아아한테 항극말을 갈치 주지 못했어. 내가 바쁘기도 했지만, 가아가 일본 말 하고 항극말 하고 둘 다 하는 게 가한테 이가 댈까, 아니만 해가 댈까, 이래 생각하다 세월 다 보내 뿌리고 보이께, 가는 고만 천상 일본 눔이 대 뿌렀어. 그건 머 내가 일부러 일본 눔 맨든 게고, 그라다 보이께 가아는 생각하는 거까지도 일본 눔 식이 대 뿌렀어. 아, 한분은 항극 사람은 머 쿠사이라, 그래잖아. 그건 일본 눔이 그래 말하는 거 하고 똑같앴어. 그 놈 아야 각중에 그란 거겠지만, 그 소리 들었을 때 나는 가심이 덜컹 내리앉았어. 시상에 지 나라 사람을 나무 나라 사람매이로 쿠사이라, 더러운 냄새가 난다, 그래 이야기하는 법은 없는 거거든. 하, 글때야 비로소 이거 클났구나 싶더구만. 그러나 인간은 기계하고 달라서, 글때는 하매 항극 사람으로 맨들래야 맨들 수가 없었어. 참 막막했지만 내로서는 어옐 수 없었어. 그런데 핏줄이라는 거는 참 어옐 수 없는 기라. 아, 가가 저작년에 나한테고 저 어마이한테고 아무 말도 하잖고 고만 항극에 갔다 왔지 머라. 냉중에사 저 어마이한테 한 이야기를 전해 들었는데, 서우르에 가서 거게서 남촌을 찾았는 기라. 거 참, 지가 남촌이라는 말을 듣기사 들었겠지만, 서우르에서 남촌을 물으만 그거야말로 남대문에 가서 김 서방 찾기지. 서우르 사람들이 그 쪼맨한 촌 동네를 어예 알 수 있을 건가? 그래서 별수 없이 서우르 구경이나 하자고 이래이래 댕기는데, 한자로 남녘 남 자 마을 촌 자를 써 붙인 간판이 있어서, 하 이 집은 남촌하고 무신 연고가 있는 모냥이구나, 이 집에 물어보만 남촌이 어데 붙어 있는 줄 알겠구나, 그래서 딜가 밨디만, 그게 술집이었다는구만. 그래서 거게 주인한테 남촌이라는 곳이 어덴 줄 아느냐고, 지 딴에는 묻는다고 물었던 기라. 그랬디만 그 사람이 말을 못 알아듣는 눈치로 이래에 한참 쳐다보는데, 그기 지를 디기 깔보는 거 같더라는구만. 그래서 맘이 참 곤란해져 있는 판에, 그 사람이 옆에 사람하고 먼 이야기를 하는데 가만히 들어보이께. 다른 말은 못 알아듣겠고, 쪽바리라는 말은 알아듣겠더라는구만. 아, 그래서 이 사람들이 저를 쪽바리, 즉 일본 눔인 줄 알고 있구나 싶더라는구만. 그래고 보이 마음이 고만 이상해지더라는구만. 그래서 고만 구경이고 머고 다 때려치와 뿌리고 돌아와 뿌렀다는구만. 그랬다는구만."

숙부는 두 눈을 감은 채 잠깐 동안 잠자코 있다가 다시 눈을 열어 나를 바라보며 그다음 이야기를 이어나갔다.

"그 소리를 들으이께, 나는 고만 내가 내 자석한테 참 못할 일을 했다 싶은 게, 참 할 말이 없더구만. 내 자석이 나도 가 볼 생각을 못한 내 고국을 찾아갔다는 건 참 가심이 뭉클할 노릇인데, 그 자석이, 일본에서는 조센징〔朝鮮人〕, 그런 손가락질을 받아야 하는 그놈이, 바로 지 아부지, 지 할부지 나라에 가서는 또 쪽바리, 그런 소리나 듣고 왔으니, 아, 그 아이는 고만 뿌리 없는 나무라. 아, 고만 가아를 고여히 낳아 키왔구나 싶은 탄식이 절로 일더구만. 그러나 아, 기왕지사 이래 댄 거 어옐 수 있는가. 아, 그래서 나는 고만 가아만이라도 힘 좀 덜 디리고 살 수 있도록, 그래 해 주까 하는 궁리를 해 보게 댔지. 그러나 머 그래 댈 수 있을는지는 나도 몰라. 나는 지금까지 내 궁리나 내 뜻대로 댄 기 별로 없어. 아니 하나도 없어. 그러나 가아만은 꼭 그래 댈 수 있었으만 싶어. 그래서 가는 고만 미국으로 보내 뿌릴라고. 일본에 있으만 이런 설움, 저런 갈등 겪어야 하기도 하지만, 우선 치직도 어려와. 경도대학 나와 바도 어렵기는 맹 마찬가지라. 그래서 나도 그래 바래고 있고 가아도 그래 생각쿠고 있어. 이건 머 아주 간절해. 그래 머, 경도대학 물리학과 나와서 미국에만 가만 박사 공부가 그키 어렵잖은가바. 박사, 그거 하만 괜찮은 거 아닌가? 나는 잘 몰라. 나는 그저 가아가 거게 가서 새로 시작했으만 해. 거게서 지 뿌리 지가 새로 맨들어서, 백지 바람에 이리저리 날리 댕기지 말고, 그 땅에 뿌리 깊이 박고 사는 게지. 그래 댈 수 있으만 그래 해 주고 싶어. 그래서 지금 돈 모두코 있어. 가아 갈 때 줄라고. 가아 거게 가서 공부해서 거게다 새 뿌리 만들 수 있도록 해 줄라꼬."

숙부는 이제 스스로 술을 따라 거푸 마시며 몹시 힘든 표정으로 이야기를 이어 나가고 있었다. 나는 뭐든 말을 해서 숙부를 거들어 주어야 한다 생각하기는 했지만, 내가 끼어들기에는 숙부의 한마디 한마디가 너무나도 절박했다. 숙모는 오른쪽 무릎을 세워,

그 위에다 두 손을 포개 얹은 채 잠자코 듣고 있기만 했다.

"내 말하는 거 답답하제?"

숙부는 또 그렇게 말한 다음 콧물을 훌쩍 들이마시며 두 눈을 크게 떠 보였다. 나는 아닙니다, 괜찮습니다 하고 대답하려 했으나, 그 언어가 목젖 언저리에서 컥 막혀 넘어오지 못했다.

"나 차암, 거게한테 부끄러와. 항국 사람이 항극말을 술술 못하다이. 그래도 나는 항극말 배와 볼라고 애는 쓰고 있어."

숙부는 텔레비전 받침대 서랍에서 카세트테이프를 꺼내 와 보여 주었다. '最新韓國語練習'이었다.

"이걸 가주고 해 볼라캤는데 잘 안대. 그라이께 나는 머 반버버리지 머. 쪽바리도 온쪽바리가 못 대는 반쪽바리라 일본에서도 고국에서도 환영받지 못하고, 버버리도 온버버리도 못 대는 반버버리라 이쪽 말도, 저쪽 말도 지대로 못해. 그래서 맘만 고여히 답답으고 그렇지 머. 그라이께 나는 마카 반이라. 반버버리, 반쪽바리……."

그때쯤 숙부의 눈자위에 다시 물기가 내뱄다.

"하이튼 거게한테 참 마이 미안하네. 이래 머나먼 곳으로, 그래도 혈육이라고 날 찾아와 줬는데 이래 반버버리가 대 있으이, 아미안하기 짝이 없네. 아, 그래도 내사 좀 낫지만 이 사람이사 그 말도 못하고 이래 귀머거리매이로 앉아 있기만 하이. 아 참, 우리는 머언 세월을 이래 타고났는지 몰라. 아, 나는 참 모르겠어."

숙부는 또 술잔을 비워 냈다. 그 얼굴에 이제는 몹시 비감해 하는 빛이 역력했다.

"숙부님, 너무 많이 마시는 거 아니십니까? 그만 드시죠."

숙부는 안주를 집으려던 젓가락을 들고 있는 오른손을 내저었다. 입을 연 것은 입술을 몇 번이나 오물거린 다음이었다.

"아니라, 이만한 정도는 괜찮아. 그라고 오늘은 특별한 날 아닌가? 거게 고오짱도 이래 만내고, 아니라, 거 머라, 고오짱은 아닐게고, 거게 이름이 머라? 집에서 부르는 이름이 말이라."

"영홉니다."

"아 그래, 이영호, 그렇지? 이영호지?"

"예, 그렇습니다."

"그래만 신짱은? 그라이께 거게 형은?"

"영진입니다."

"아, 영진이, 이영진이. 그라만 그 영 자가 그 머라? 그 왜 머라카지?"

"항렬입니다. 꽃뿌리 영 자가."

"응, 그래, 항렬이라쿠는 거. 그라이께 우리 아아, 그 이치로도 항극식으로 하만 영 머시기가 대야겠구만."

"……."

"으응, 그러쿠만."

숙부는 혼자 고개를 끄덕거리며 다시 술잔을 비워 내고는 나를 건너다보았다. 눈동자와 눈자위가 불그레했다. 표정이 좀 굳어지는 것으로 보아 뭔가 어려운 말을 꺼내려는 것 같았다.

"거 머라, 영호, 응 그래 이영호. 그런데 요새 항국에서는 숙부라 쿠는가? 작은아부지라 안 쿠는가? 나는 어릴 때 그래 불렀거든. 그래서 나는 작은아부지라는 그 소리를 들어보고 싶어. 작은아부지라고."

울컥 뜨겁고 묵직한 무엇인가가 내 목젖을 쳤다. 나는 격정을 느끼며 얼굴을 붉혔다.

"죄송합니다. 제가 지금까지 작은아버님과 이야기를 한 적이 없어서 어떻게 해야 할지를 몰라서 그렇습니다. 저는 지금까지 한 번도 작은아버님을 불러 본 적이 없습니다."

"그래, 그건 그래. 나도 그래. 나도 거 머 거게 만내서, 내 조카다, 바로 내 형님의 아들이다, 얼라 시절에 내가 요래 안아 주기도 했다, 그라이 말을 편하게 해도 댄다, 이래 카민서도 말이 자꾸 그래 안 대네. 니라 카만 대는 걸, 자꾸 거게라 쿠고, 내사 거게한테 해라 해도 갠찮은데 자꾸 한가, 이래 대고. 나 차말로, 우리는 숙질간인데 거 참. 옛날 같으만사 한마당에서 한평생 정답게 지냈을 긴데, 이래 오랜만에 만내이께, 내 차말로. 모도 이놈 일본 눔들 때문인 기라. 그런데도 그눔들 땅에서 먹고살라고 이름까지 바꾸고, 내 차말로."

숙부의 볼에 눈물 방울이 갑자기 주르륵 흘러내렸지만 숙부는 눈을 깜박거리지도 않은 채 나를 바라보고 있다가, 술상 너머로 손을 내밀어 내 손을 찾았다. 나도 손을 내밀었다. 앙상한 마디가 두드러진 숙부의 오른손이, 그리고 조금 뒤에는 왼손마저 건너와서 내 손을 힘껏 감싸쥐었다. 그 손이 떨리고 있었다. 나는 바른 눈길로 바라보는 것밖에는 아무런 행동도 할 수 없었다.

"하, 이거 참."

숙부는 더 말하지 못하고 두 눈을 크게 뜬 채 내 얼굴을 바라보고 있기만 했다. 불빛이 숙부의 코끝에 매달려 있는 콧물 방울에 비쳤다. 볼에 흘러내린 눈물 줄기도 그대로 반짝거리고 있었다. 나는 숙부에게 잡히지 않은 다른 손으로 주머니에서 손수건을 꺼내 숙부의 콧물을, 그리고 숙부의 코끝을 닦아 주었다. 숙부는 잠자코 있었다. 그런데 마치 솟아오르기라도 하듯이 눈물 줄기는 이어지고 있었다. 숙모가 고개를 돌리며 치마꼬리를 눈으로 가져갔다.

"내 차말로 오늘 기분이 좋구마. 내 평생에 이래 마음이 좋은 날은 오늘이 첨일지 싶구마."

숙부는 잇몸을 드러내 보이며 웃어 보이려 하며 두 손에 힘을 주어 나의 손을 굳게 쥐었다. 그쯤에서 비로소 확실하게 느끼게 된 거였는데, 숙부는 아직 어린 소년의 그것처럼 언어는 순직했고 정서는 섬세했다. 짐작되는 호된 고생에도 불구하고 바르게 살아온 내력이 그 언어, 그 정서에 배어 있는 듯했다.

현관문 열리는 소리를 듣지 못했는데, 슬리퍼 끄는 소리가 났다. 숙모가 흘러내린 머리카락을 쓸어 올리며 방문을 열고 밖으로 나갔다.

"이치로야, 이치로."

숙부는 낮은 목소리로 말했다. 문 밖에서 숙모가 일본 말로 빠르게 이야기하는 소리가 들려왔다. 숙모의 목소리가 조금 밭게 높아지는 듯하다가, 슬리퍼 소리가 이어졌다. 문 열리는 소리가 들렸고, 곧 조용해졌다. 잠시 뒤에 숙모가 돌아왔다. 굳은 표정이었다.

"무슨 일인가?"

숙부가 일본 말로 물었다.

숙모가 대답하지 않고 고개를 돌리고 있으니까 숙부는 역정을 냈다.

"와서 인사하라고 해!"

숙부의 표정에 엄한 빛이 날카롭게 번득였다.

숙모는 숙부를 향해 눈으로 무슨 말인가를 하다가, 숙부의 표정이 더 날카로워지자 어쩔 수 없다는 것처럼 다시 몸을 일으켜 밖으로 나갔다. 방 안에는 불편한 침묵이 고였다. 그사이에 마루 건너편 방에서 숙모와 사촌이 이야기하고 있는 중에 때로 높아지곤 하는 소리들이 들려왔다. 양편 모두 목소리를 죽이려 애쓰는 것 같았다. 그러나 오래 끌지는 않았다. 약간 거친 발걸음으로 마루를 밟는 소리가 났고, 그 뒤를 따라가는 다른 발걸음 사이에서 '이치로!'라는 숙모의 짧은 부름이 있었고, 옷자락을 잡고 잠깐 동안

실랑이질을 하는 듯한 소리까지 들리고는 곧 조용해졌다. 소리들이 들려오는 동안 방문 쪽을 향해 두 눈을 치뜬 채 노여운 기운을 참고 있던 숙부의 어깨가 푹 꺼져 내리며, 그 얼굴에 체념의 빛이 무겁게 어렸다. 조금 뒤에 숙모가 들어와 아무 말도 없이 앉았지만, 숙부는 묻거나 하지 않은 채, 스스로 잔을 채워 또 마셨다.

"내 잘못이지 머. 이치로 탓할 거 없어."

혼잣말 같았다.

"저래 맨든 거야 부모인 내 잘못이지 그 아아를 나무랄 수도 없어."

숙부는 비통한 표정이 되었다.

"그눔 아아는 지 부모가 항극 사람인 것도 싫어하는 걸 우야꼬. 그래밍서도 서우르에 가서 지 고향을 찾을라고 했으이, 지 속이라고 편할 리가 있으까?"

숙부는 스스로 고개를 내저었다.

"지 암만 일본 눔 눈 해 박았어도 심장이사 어데까지나 항극 눔이이께 지도 괴롭기는 마찬가지지."

숙부는 또 술 한 잔을 비워 냈다.

"자아, 그럴 수도 있어. 그럴 수도 있는 거지. 이 세상 살아가면서 우와 풍상 없을 수 있는가? 자아, 거게도 한 잔 해."

숙부의 얼굴에서 비통한 빛이 사라지며 체념의 빛이 떠올라 왔다. 숙부는 마치 그 정도 감정 극복쯤이야 이제 이골이 났다는 것을 내게 보여 주려는 것 같았다.

"작은아버님."

내가 이렇게 부르자, 숙부는 손을 내저어 보이기부터 했다.

"그래 부르지 마고, 작은아부지요오, 이래 한분 불러 바. 나는 그 소리가 듣고 싶어."

나는 곧 목청을 가다듬었다.

"작은아부지."

아무래도 '요오'까지는 나오지 않았다. 나는 서울에서 자랐지만, 남촌 사람들의 말투를 잘 알고 있고, 때로는 아부지요오라고 부르곤 하는데도, 작은아부지요오는 잘 되지 않았다. 숙부는 무슨 생각을 했던가, 쭈글쭈글한 얼굴에 웃음기를 떠올리며, 어린아이를 어르듯 턱을 쑥 내밀어 그 얼굴을 내 쪽으로 가까이 했다.

"왜 불렀는가?"

"저기, 제가 일행이 기다리고 있어서 그만 돌아가 봐야겠습니다."

"아, 그런가?"

숙부는 깜짝 놀란 표정이 되었다.

"여게서, 우리 집에서 하룻밤 유하만 안 대는가? 누추하기사 하지만 작은아부지 집인데 머 흉댈 거 있는가?"

"그럴 거야 있겠습니까? 다만 일행하고 회사 일을 의논해 두어야 할 게 있어서 그렇습니다."

숙부는 이내 정색했다.

"암만, 회사 소무가 중요하지. 암만, 그래만 가 바아지. 내 만내는 건 사사로운 일이고, 남자라는 건 소무를 중요하게 생각해야 해. 암만."

숙부는 내 손을 놓고 잠시 천장을 바라보다가 숙모를 향해 눈길을 돌렸다. 나는 그것이 무엇을 뜻하는가 짐작해 볼 수 있을 것 같았다. 숙모가 먼저 고개를 끄덕였다. 숙부가 눈길을 술상으로 옮겨 술잔을 들어올리는 사이에, 숙모는 숙부 뒤편 벽에 붙어 있는 미닫이를 열어, 거기서 뭔가를 꺼냈다. 나는 그것이 돈일 거라고 짐작했다. 나는 돈을 받고 싶지 않았다. 어떻게 해야 하는가 생각해 보는 사이에 숙모는 미닫이를 닫고 돌아와서 돈을 방바닥에 놓아 숙부 쪽으로 밀었다. 숙부는 돈을 집어 한 장씩 헤아려 보았다. 만 엔짜리 열 장이었다.

"거 머, 내 보기에 자네도 먹고살 만은 하지?"

숙부는 이제 자네라는 호칭 정도는 스스럼없이 쓰고 있었지만 아무래도 너라는 호칭까지는 나오지 않는 것 같았다.

"예, 아주 좋은 편입니다. 이제는 아무런 걱정도 없습니다."

"거 머라, 자네 회사에서 거 직위라 쿠는가, 그게 머라?"

"부장입니다."

"하, 부쪼!"

숙부는 감탄했다.

"이 사람이 회사에서 부쪼라카네."

숙부는 숙모를 돌아다보며 빠르게 말했다. 숙모도 새삼스레 내 얼굴을 바라보며 고개를 끄덕였다.

"그래만 집도 있겠네?"

많은 재일 동포들이 가난하던 시절의 고국을 기억에 담고 있다는 것을 이해하고 있는 터였기에 나는 잠자코 수긍의 뜻을 표했다.

"하, 그래만 부자네."

나는 설명이 필요하다는 생각을 해 보다가 예, 하고 대답했다. 그것이 숙부의 마음을 편하게 해 줄 것 같았다.

"이건……."

숙부는 돈을 들어 보였다.

"자네 가주 가게."

숙부는 단호한 어조였다.

나는 잠깐 머뭇거리다가 말했다.

"너무 많습니다. 한 장만 주십시오."

"아니라."

숙부는 바른 눈길이 되었다.

"나는 내 조카한테 돈을 주고 싶었어. 내 어릴 때 우리 작은아부지가 내한테 돈 주시고 그랬거든. 내가 형님하고 일본 올 때도 내 앞 작은아부지가 1원짜리 동전 하나씩 주시면서, 이건 꼭 배가 고플 때 머든지 사 먹어라, 그래싰거든. 그런데 나는 이 나이가 대도록 조카도 없는 사람이 댔었어. 나는 차말로 내 조카한테 돈을 주고 그래 살아 보고 싶었어. 이거 받아 가주고 가. 내 마음 생각해서라도."

"그렇지만 너무 많습니다. 저는 집 찾느라고 바빠서 빈손으로 왔는데요."

"아니라, 자네는 빈손이 아니었어. 자네는 큰 재물보다도 더 큰 걸 우리한테 가주왔어. 자네는 그게 먼지 알 기라. 그러나 이건 그 값이 아니라. 이건 그저 내 조카한테 돈 한 푼 주고 싶은 내 맘일 뿐이라. 내 형편 걱정하지 마. 나도 인제는 살 만해. 걱정하지 말고 꼭 받아 가. 안 그래만 내 맘이 섭섭해. 이 사람도 그래."

숙부는 숙모를 가리켰다. 숙모는 나와 눈길이 마주치자 고개를 끄덕거리면서 눈빛으로 어서 받아 넣으라고 채근했다.

"아, 이바."

숙부는 숙모를 툭 건드렸다.

"그래 버버리매이로 가만이 있지 마고 말을 좀 해 바. 이 사람은 우리 조카라. 흉 댈 거 하나도 없어. 한분 말해 바. 머든지 한분 말해 바. 조카 만내이께 반갑잖아?"

숙모의 얼굴에 당황스러워하는 빛이 서리더니 이번에는 치마꼬리로 눈자위를 찍어 내는 대신에 아예 얼굴을 묻어 버렸다.

"작은어머님."

내가 숙모 무릎에 손을 얹고 달래듯 흔들자 숙부는 느린 목소리로 말했다.

"냅도. 반가와서 그래는 기라. 살다 보이, 그저 배고파도 울고, 배불러도 울고, 서러와도 울고, 반가와도 울고, 그래 만날 울 일뿐인 기라. 할 수 없는 기지 머. 이 사람도 지금 반가와서 그래는 기라. 울디라도 이래 울 일이만 갠찮지 머. 이래 울 일이만 만날 있어도 좋지 머."

숙부의 목소리가 고막 안에서 웅웅 울리고 있었다.

"작은어머님."

나는 숙모의 무릎을 한 번 더 흔들었다. 생판 처음 만나는 사람에게 이토록 정다움을 느낄 수도 있구나 싶었다.

"저를 보세요. 제가 작은어머님 조캅니다. 제가 진작 찾아뵙지 못해서 죄송하기 짝이 없습니다. 그러나 이제는 또 오도록 하겠습니다."

나는 이제 스스로 제어하기 어려울 만큼 달아올라 있었으나 어떻게든 평정을 유지하려고 애썼다. 타인에 대한 이런 뜨거움, 내 생애에서 처음 같았다.

숙모가 가까스로 얼굴을 들어올렸다. 가까이에서 들여다본 숙모의 얼굴에도 이 세상 풍상의 자취가 굵게 새겨져 있었다. 안쓰러웠다.

"반가와요, 참말로. 우리는 옆에 아무도 없어요. 우리 이치로는 혼자라요. 우리 이치로를 이해해 주세요. 우리 이치로도 곧 그리워하게 될 거라요. 우리 이치로는 착한 아이라요."

숙모가 몹시 더듬거리며 애써 한 말을 이어 보면 이런 것이었다. 숙모는 나의 손을 잡아 쥐었다. 숙모의 눈에 눈물이 그렁거리고 있었다. 우리 이치로를 이해해 주세요. 숙모는 한 번 더 말했다.

"으으, 버버리가 말했어."

숙부는 숙모의 얼굴을 들여다보며 소리 내 웃었다, 잇몸이 드러나는 웃음이었다. 나는 숙모의 손을 힘 주어 잡았다.

"이치로에게는 제가 있지 않습니까? 혼자가 아닙니다. 그리고 한국에는 친척들도 많습니다. 우리는 모두 이치로 편입니다. 그리고 저는 이치로를 이해합니다. 걱정하지 마십시오."

나는 숙모에게 나의 뜻을 전하기 위해 아주 열심히 말한 다음, 숙부가 주는 돈을 받았다.

그사이에 숙모는 전화로 택시를 부르고 있었다.

나는 숙부네 전화번호를 내 수첩에 적고 나서 내 명함에다 오사카 호텔 전화번호까지 적어 숙부에게 건넨 다음 자리에서 일어났다.

숙부 내외는 주춤주춤 길에까지 따라나왔다. 코스모스가 피는 계절은 일본도 역시 싸늘했다. 달이 없는 밤, 별빛만 외로워 보였다. 가로등 불빛이 희미했다.

"들어가십시오. 기온이 쌀쌀합니다."

숙부 내외는 아무런 대꾸도 하지 않았다.

몹시 스산해 보였다.

"그 머라."

숙부는 고개를 들어 가로등을 치켜보며 입을 열었다.

"형님한테 내 만낸 이야기할 건가?"

숙부의 더듬거리는 이야기를 다 듣고 났을 때, 숙부가 왜 그런 질문을 했는지 얼핏 알아차릴 수 없었다. 몇 차례 뒤척여 생각해 보아도 요령부득이기는 마찬가지였다. 그러나 굳이 대답할 필요는 없었다. 숙부가 스스로 대답하고 나섰기 때문이었다.

"나는 몰라. 머 자네가 알아서 해. 나는 머……."

그제야 숙부의 뇌리에 흐르고 있는 생각의 조각이나마 짐작해 볼 수 있을 듯했다. 숙부는 고개를 떨어뜨려 발끝으로 눈길을 옮겼다. 숙부가 몸을 조금씩 움직거리자 그림자도 따라서 움직거렸다. 숙모는 숙부로부터 한 발 떨어진 곳에서 잠자코 서 있었다. 숙모는 나와 함께 있는 한, 언제나 농아 같은 표정을 짓고 있을 수밖에 없을 듯했다.

"이제 그만 들어가십시오."

나는 한 번 더 같은 말을 했다. 그러나 숙부는 움직이지 않고 있다가 또 더듬더듬 입을 열었다.

"내가 할매, 할배, 그라이께 우리 어매 아배 안부를 물었던가?"

아니요. 나는 이렇게 대꾸하지 않았다. 숙부는 할아버지나 할머니에 대한 안부뿐 아니라, 남촌이나 서울에 있는 우리 가족, 친척 누구에 대해서도 묻지 않았다. 내 이야기 중에 저절로 나온 가족을 제외하고는 숙부는 자신에 대한 이야기만 했다. 숙부와의 이야기 중간쯤에서, 당연히 물어야 할 것들을 에둘러 가는 듯한 숙부의 태도를 문득 알아차리고, 곧 그런 마음을 헤아려 볼 수 있을 것 같아, 나도 숙부가 들어 괴로워할지도 모르는 가족들 이야기를 말하지 않으려 했었다.

"거 머라. 내가 인제사 이런 거 물어도 대는 건지……."

숙부는 또 몹시 더듬거렸다.

"나는 잘 모르겠는데, 그 머라, 할매하고 할배하고, 그 머 어예 대싰지? 내 차말로 그거 물을 염치 없어. 내 평생에 맘으로만 그리워했지, 평생에 자석 노릇 한 분도 못해 보고, 거 머라, 내 소년 시절에 작별한 뒤로 세월이 얼매나 흘렀는지……."

숙부는 고개를 내저었다.

"아니라, 머 대답하지 마, 모르고 있는 기 나아, 백분 나아……."

택시가 달려와 멎었고, 운전기사가 차에서 내려 문을 열어 주었다.

"잘 가아. 그 머라……."

숙부의 목소리가 사정없이 떨리고 있었다.

"아니라, 그양 머, 잘 가아. 내 차말로……."

내가 택시에 올라타고 문이 채 닫히기 전에 숙부는 벌써 몸을 돌려 현관 쪽으로 걸어가고 있었다. 숙모가 웃는 얼굴로 나를 보내려고 애쓰는 모습이 차창 밖으로 보였다. 숙모는 어쩌면 이치로에 대한 부탁을 한 번 더 하고 싶어 할는지도 모른다는 생각이 들었다. 나는 손짓으로 또 오겠다는 표시를 해 보였다. 내 뜻이 전해진 것인가, 숙모는 고개를 크게 끄덕거려 보였다. 택시가 나아가기 시작했다. 숙모의 그 농아 같은 눈길은 언제까지나 택시 뒤편 유리에 매달려 있을 것 같았다. 나는 숙모의 눈빛에서 헤아려볼 수 있을 듯했다. 서로 입에 올리지 않으려 애쓰기는 했지만, 우리는 모두 사촌의 행동을 마음에서 털어 내 버리지 못하고 있다는 것을. 숙부도, 숙모도, 그리고 나 자신도 물론.

"어디로 가시게쓰므니까?"

운전기사가 우리말로 행선지를 물었다. 놀란 표정으로 바라보는 나를 운전기사는 백미러를 통해 바라보며 웃는 눈빛을 보이다가, 안녕하시므니까, 하는 인사를 덧붙였다. 그때 나의 느낌은 반가움만은 아니었다.

오사카의 호텔에 돌아오자, 나는 밤이 너무 깊었는데도 불구하고 서울 집에 전화를 걸었다. 아버지는 나의 짤막한 보고를 들은 뒤 한참 동안 아무 말도 없다가 겨우, 참말이라? 하고, 목젖 언저리에 뭔가가 걸린 듯한 목소리로 되물었고, 잠시 뒤에, 알았다, 라고 말하고는 그만이었다. 다시 한참이나 지난 뒤, 아버지가 먼저 전화기를 놓았다. 그 뒤에는 몹시 적막한 느낌만 남았다.

다음 날 이른 아침, 나는 숙부의 전화를 받았다. 아버지와 전화로 이야기하고 나서 일행과 일에 대해 이야기를 한 뒤, 두 시가 넘어 잠자리 들었기 때문에 나는 아직 곤한 잠에 취해 있는 판이었다. 잠 덜 깬 티가 숙부에게 전해지기라도 했던 것인가. 숙부는 너무 일찍 전화를 한 게 아니냐는 말부터 했다.

"혹시 말이라, 시간이 되만 한 분만 더 왔다 가. 저역에 말이라."

숙부는 몹시 미안스러워했다.

숙부가 그렇게 말하지 않았다 하더라도, 숙부를 한 번 더 만나야겠다는 생각을 해 둔 바 있었다. 숙부가 조카인 나에게 뭐든 주고 싶어 했듯이, 나도 숙부에게 뭐든 정표를 하고 싶었다. 그리고 숙모와 사촌에게도 선물을 주고 싶었다. 다른 무엇보다도 사촌이 나를 바라보도록 만들고 싶었다. 그래서 우리는 어쩔 수 없는 혈육이라는 것을 느끼도록 해 주고 싶었다. 나의 생각은 거기까지였다. 그다음에 회상되는 것은 방문을 사이에 하고 들리던 숙모와 사촌의 격렬한 감정의 맞부딪침이었다. 쉽사리 풀릴 것 같지 않았다. 피차 시간의 지혜에 의지할 수밖에 없을 듯했다. 그런데 그날 밤, 나는 뜻밖에도 사촌의 담담한 얼굴과 마주 앉게 되었다.

"야아한테도 형제가 있다는 거르을 보이 주고 싶었어. 야아가 너무 고적해서, 이래 훌륭한 형이가 있다카만 암만 해도 위로가 될 거 같애서……."

숙부는 나를 다시 부른 이유를 그렇게 설명하고 있었다.

"가마이 생각해 보만 나는 아부지로서 미안한 점이 참 많애. 참말이라. 야는 내가 이래 이야기해도 먼 말인지 못 알아들어. 결국은 내가 그래 버버리 귀머거리 맨든 기지. 글때는 그래 할 수밖에 없었어. 그렇지만 서로 말은 안 통해도 이래 보기만 해도 대는 기라. 형제라는 거는 그런 기라. 서로 똑같은 피가 몸에 흐르고 있거든."

숙부는 나와 사촌의 표정을 번갈아 살폈다. 우리는 동그란 술상에 둘러앉아 있었다. 숙모는 사촌 뒤편이었다. 다소곳이 한쪽 무릎을 세운 그 자세였고, 농아 같은, 역시 그런 표정이었다. 나는 지난밤에 숙부 내외가 이치로를 상대로 벌였을 설득의 노력을 헤아려 볼 수 있을 듯했다. 그리고 하루 내내 조바심하고 있었을 숙부 내외의 모습도 상상해 볼 수 있을 듯했다. 나는 어서 사촌과 이야기를 시작해서, 아직도 조바심하고 있을 숙부 내외의 마음을 편하게 해 주어야 한다 생각하면서도 머뭇거리고 있기만 했다. 어디서부터 어떻게 시작해야 할지, 우선 언어부터 막막하기만 했다. 숙부가 사촌에게 빠른 일본 말로 이야기했다.

"내가 이야기했던 대로 니 형이다. 큰집에 둘째 형. 현재 한국 서울에서 큰 회사에 부장이다. 회사 일로 일본에도 자주 오고 미국에도 가고."

내가 회사의 부장이라고는 했지만 큰 회사라고 한 적은 없고, 일본에 더러 온다는 이야기는 했지만 미국에 간다는 말은 비친 적도 없다. 그러나 나는 숙부의 소개를 바로잡으려 들지 않았다. 나의 처지를 과장하고 싶어 하는 숙부의 마음을 이해 못하기는 어려웠다.

사촌은 섬약한 듯한 면모를 지니고 있었다. 숙모 쪽을 닮은 것 같았다. 어질어 보이는 분위기를 풍기고 있었고, 숙부의 설명을 들었던 때문인가, 몹시 외로워 보였다. 사촌의 어느 구석에도 지난밤의 경우와 같은 격한 감정이 숨어 있을 것 같지는 않았다. 햇볕을 많이 보지 못한 듯한 하얀 얼굴은 아마도 늘 실험실에 파묻혀 살아야 하는 물리학이라는 전공과 관계 있을 듯했다. 그런 얼굴이기에 숱 많은 눈썹은 더 짙어 보였다. 그리고 총명해 보이는 눈빛, 연약한 느낌을 주는 입술. 문득 측은하다는 느낌이 들었다. 이제 시작하자, 나는 그렇게 생각했다. 나를 향해 있는 몇 개의 눈길, 모두를 조금씩 불편하게 하는 팽팽한 긴장, 나는 툭 털어 내 버리듯 입을 열어 일본 말로 이야기를 시작했다.

"우리는 형제야. 같은 핏줄이야. 불행하게도 그동안 만나지 못했던 것은 우리들 사이에 놓여 있는 여러 가지 피치 못할 사정 때문이었어."

일단 시작하고 보니까 사촌과 더불어 일본 말로 이야기하고 있다는 생경함으로부터 얼마만큼은 자유스러워질 수 있었다. 사촌은 윗몸을 앞으로 조금 기울인 채, 사려 깊은 표정으로 경청하며, 때로 '하이' 하는 입모습으로 고개를 끄덕여 보이기도 했다. 숙부는 지난밤 같은 갈증이 이미 시작된 듯, 술잔을 자주 비워 내며 나와 사촌의 표정을 번갈아 살폈다. 나는 이야기를 이어 나갔다.

"나는 너를 처음 보았을 때, 네가 내 형제라는 것을 금세 느낄 수 있었어. 우리는 아직 모든 면에서 낯설지만 서로 조금만 노력하면 곧 친숙해질 거야."

그렇지 않니? 나는 그런 표정으로 사촌의 얼굴을 가까이 들여다보았다.

사촌은 자세를 조금 고쳐 앉았다.

"어제는 미안했습니다."

사촌이 이렇게 시작한 것은 좀 뜻밖이었다. 지난밤의 일은 적어도 오늘밤에만은 서로 기피 사항이 되리라, 그렇게 예상하고 있었다. 그러나 오히려 잘 되었다 싶었다. 기피 사항이 있어서는 허심탄회할 수 없는 게 아닌가.

"그러나 제 마음을 이해해 주시기 바랍니다. 저는 무엇보다도 제 부모님을 이해할 수 없습니다. 부모님은 일본에서 오랜 고생 끝에 저 하나 교토대학에 보낸 거, 대단한 보람으로 생각하고 계시지만, 저는 그게 싫습니다. 거길 나와 봐야 무얼 할 수 있습니까? 취직을 할 수 있습니까? 국적이라도 분명한 사람이 될 수 있습니까? 도대체 어떻게 보람이 될 수 있습니까? 저는 제 부모님께서 움켜잡고 있는 것은 적어도 이 땅에서는 아무 의미도 없는 허상이라고 생각합니다. 저는 그것을 이해할 수 없습니다. 싫은 것, 이해할 수 없는 것이 또 있습니다. 이런 결과가 왜 진행되고 있습니까? 어찌하여 종결되거나 개선되지 않고 언제나 진행 상태에서 오히려 개악되는 것을 바라보고 있어야만 합니까? 그리고 조국은, 민족은 이런 결과를 해결하기 위해 무엇을 했으며 지금 무엇을 하고 있습니까? 이런 결과에 대하여 왜 적극적으로 대응하지 않습니까?"

지난밤과 같은 격한 감정이 돌출될 수도 있는 표정으로 변해 가는 사촌의 얼굴을 나는 될 수 있는 대로 평정한 마음으로 바라보고 있으려고 애썼다. 사촌의 거친 질문은 이어지고 있었다.

"일본 사람들의 눈에 비친 우리 민족의 모습에 대하여 우리 민족은 어떻게 생각하고 있습니까? 언제까지나 국수주의적 입장에서 일본 사람을 욕하고 있기만 할 겁니까?"

사촌은 이야기를 뚝 멈췄다. 차츰 더 격해지는 감정을 스스로 억제하려는 듯했다. 침을 삼키는 소리가 내 귀에까지 들려왔다. 그가 다시 입을 열었을 때, 그의 목소리는 훨씬 더 낮아져 있었다.

"이건 형님에게 해결을 바라는 것은 아닙니다. 그러나 누구에겐가는 해결을 바라고 싶습니다. 제 인생에서 가장 간절하게 바라는 것은 민족 문제의 해결입니다. 저만의 바람이 아닙니다. 제 친구 하나의 경우도 마찬가지입니다. 그 친구는 민족 문제를 해결하기 위해 서울에서의 생활을 결심하고, 목적하는 바에 비춰 볼 때 여러 가지로 불리한데도 불구하고 서울에서 공부를 시작했습니다. 그러한 생활 3년을 보낸 뒤, 그는 제게 말하기를, 민족이라는 것은 공기와 같다, 였습니다. 자기가 할 수 있는 말의 모두는 그것이라 했습니다. 그게 무엇이냐 했더니, 민족이라는 것은 넉넉하게 있는 곳에서는 느껴지지도 않다가 그게 희박한 곳에 서게 되면, 금세 질식할 듯한 숨 막힘을 경험하게 되는 것이라 했습니다. 결국 그 친구는 서울에서 생활하며 민족이라는 것을 특수하게 생각하지 않게 됨으로써, 민족 문제에 대한 해결에 가까워졌다고 생각하는 것이었습니다. 그러나 저는 그 설명이 잘 이해되지도 않았으려니와, 친구가 본질적인 것으로부터 멀어져 버렸다는 절망감을 느꼈습니다. 포기 같았습니다."

사촌은 입술을 꼭 다물었다.

난감했다. '민족'에 대한 고민부터 그랬고, 민족을 공기에 비유한 것이나 친구의 그런 사념에 그토록 절실하게 매달려 있다는 것도 마찬가지였다. 의식의 차이, 시각의 차이, 언어 감각의 차이 등, 아무리 혈육이라 할지라도 사촌을 이해하게 되는 데는 많은 시간이 필요할 듯했다. 사촌의 이야기가 다시 시작되었다.

"그 친구는 저와 마찬가지로, 다른 친구들에 대해서는 한국인이라는 것을 드러내지 않으려고 애쓰면서, 우리끼리는 공범처럼 민족에 대한 본질적인 의문을 서로 주고받으며 함께 고민하던 사이였습니다. 그런데 그가 왜 그렇게 포기해 버렸을까? 고통스러웠습니다. 저는 그 고통에 대한 답을 구해 보기 위해 서울에 가서,

그 친구도 만나지 않은 채 홀로 서울 거리를 돌아다녀 보았습니다. 그래 봤자, 민족은 공기와 같은 것이다, 이런 말을 이해하게 되지는 않았습니다."

숙부는 잠자코 술을 마시며 사촌의 이야기에 귀를 기울이고 있었다. 때로는 고개를 끄덕이기도 하고, 때로는 천장을 향해 얼굴을 치켜들고 있기도 했다. 동감과 연민의 표현 같았다. 사실 숙부나 사촌은 언어적 표현이나 실제 행태, 구조나 심도 면에서는 서로 달랐을지라도, 거의 비슷한 갈등의 역정을 밟아 온 처지였으므로, 동병상련이라고나 할까, 그들 사이에 공감대가 이루어지는 것은 당연해 보였다.

제 민족이고자 하면서도 동시에 제 민족을 부정하고자 하는 상반된 의지의 지배를 받지 않을 수 없었던 그들의 처지는, 주변을 둘러싸고 있는 열강을 거부할 수도, 수용할 수도 없었던 우리나라의 지정학적 고민이나 다를 바가 없을 것 같았다.

그쯤에서 나는, 그러한 것들은, 이미 그러한 조건에 당면해 있는 개인의 몸부림만으로는 '해결'하기 어려운 일일 것 같다는 막막함을 느꼈다. 사촌은 잠깐 이야기를 멈춘 채 다다미 방바닥을 내려다보고 있다가 분명한 표정으로 고개를 들며 다시 입을 열었다.

"저는 때로 제가 아예 일본인이기를, 아니면 일본인인 척이라도 하기를, 그래서 일본인이 우리 민족을 바라보는 그런 눈길로 우리 민족을 바라볼 수 있기를 바라고, 또 그렇게 실천하고 싶은 충동을 느낍니다. 저는 저의 그런 마음을 설명할 수 없습니다. 다만 저 자신이 싫은 것은, 저 자신도 모르는 사이에, 타인이나 타국인에 대하여 흔히 배타적, 폐쇄적이 되곤 하는 일본인적 시각을 닮아 버리곤 한다는 것입니다. 그 타인이나 타국인에는 한국인도 포함됩니다. 어느 순간에 그런 장면이 지나가고 나면, 저는 비로소 '아, 내가 또 그랬었구나' 하고 되새기며 몸을 떨곤 합니다. 어젯밤의 제 행동도 그런 것이었습니다. 용서해 주시기 바랍니다."

사촌은 두 손바닥으로 방바닥을 짚은 다음 나를 향해 고개를 깊숙이 숙여 보였다. 나는 그제야 사촌의 그 긴 이야기가 전날 밤 자신의 행동에 대한 사죄를 위한 것이었다는 것을 알아차렸다. 보기에 따라서는 대수로울 것도 아닐 그 일을 그토록 무겁게 생각할 수밖에 없었던 사촌의 심정에 대한 안쓰러움이 느껴졌다. 사촌의 아직 어린 몸에 얹혀 있는 막중한 고통의 무게가, 그 고통을 사실은 이해하고 있지 못한데도 불구하고, 사촌의 진솔한 언어에 실려 그대로 나의 가슴으로 옮겨 온 듯했다.

그동안 재일 동포 문제가 거론되곤 하여도, 나라가 망하는 바람에 여기저기 떠돌아다니게 된 유맹(流氓)의 처량한 신세로서, 그러했던 역사의 어쩔 수 없는 흔적쯤으로나 생각하고 있었을 뿐, 이토록 가슴 저릿하게 곱씹어 보았던 적은 없었다. 사촌과 같은 처지에 있는 사람들을 만나 보지 못했기 때문일 수도 있었다. 내가 그동안 만날 수 있었던 재일 동포들은 그래도 조국에라도 자주

다녀갈 수 있을 만큼 형편이 괜찮은 사람들이었기에 그쪽 갈등이 훨씬 덜했을 듯했다. 그들이라면 오히려 형편이 좋은 편이어서 '돈 많은 재일 동포'쯤으로 선망의 대상이 될 수도 있었다. 그들이라면 또한, 민족이라는 주제를 가지고 공기에 비유하는 식의 결핍성 발상이 가능할 수도 없을 것 같았다. 나는 아직도 방바닥에 머물고 있는 사촌의 손등을 내려다보며 그 손을 잡아 쥐고 싶은 충동을 느꼈다.

그쯤에서 알아차리게 되었는데, 숙부 내외와 사촌은 무거운 이야기 뒤끝인데도 처음보다 훨씬 풀어진 표정들이었다. 숙부 내외는 이제 조바심 따위는 하지 않고 있는 것 같았다. 사촌도 담담하게 굳었던 처음과는 달리, 응석이라도 부리고 싶어 하는 어린 티가 양 볼과 입술 가장자리에 내비치고 있었다. 따져 보자면 그는 나보다 20년이나 아래였다.

나는 숙부가 권하는 술잔을, 이번에는 몸을 돌리지 않고, 사촌을 향해 내밀었다. 사촌은 비로소 조금쯤은 열없어 하는 듯한 웃음기를 그 입술 가장자리에 떠올리며 마주 술잔을 들어, 이제 막 술을 배우기 시작한 소년처럼 쭈빗쭈빗한 표정으로 술잔에 입술을 갖다 댔다. 숙부의 얼굴에 좋아하는 빛이 떠올랐다. 사촌이 빈 술잔을 상에 놓은 것까지 섬세하게 지켜보고 난 다음, 숙부는 술상을 한쪽으로 조금 밀어내고 나서 무릎걸음으로 나와 사촌 앞으로 다가와서, 나와 사촌의 손을 잡았다. 사촌과 내가 이야기를 나

누는 사이에 혼자 마신 술기운으로 말미암아 그 얼굴이 더 초췌해 보였지만 그 얼굴에 좋아하는 빛은 차츰 더 뚜렷해지고 있었다. 무슨 생각을 했던가, 숙부는 잇몸부터 씩 드러내 보였다.

"손 한분 잡아 바. 서로 이래……."

숙부는 사촌의 손을 나에게 쥐어 주었다. 코허리가 찡해졌고 눈시울이 살그미 더워졌다. 사촌도 웃음기를 머금은 채 얼굴을 붉혔다. 숙부가 말했다.

"이래 하만 피가 서로 통할지 몰라. 자네들은 형제들이이께 똑같은 피거든. 그라이께 서로 통할지 몰라. 어지 내가 자네 손을 잡았을 때도 나는 그런 생각이 들었어. 참말이라. 나는 지금까지 다른 사람 손을 잡아서 그래 피가 통하는 기분을 느꼈던 적은 없어. 한 분도 없어. 나는 그게 참 이상했어. 그기 왜 그렇지? 그건 그기라. 똑같은 피기 때문이라. 그래서 나는 이래 사촌끼리 손 한분 잡아 보거러 해야겠다고, 어지 밤새도록 그 생각을 했어."

이런 느낌은 지난밤부터였다. 지금까지 집안 어른들의 이야기가 숙부의 그것처럼 진솔하고 정답게 나의 심금에 착착 달라붙는 듯했던 적은 없었다. 몹시 더듬거리고, 거기다가 갖고 있는 낱말이 충분하지 못했기에 표현이 어눌하고 때로는 답답하기까지 한데도, 내내 그렇게 순직한 숙부의 한마디 한마디는 그대로 나의 심금을 적시기도 하고 찌르기도 하며, 온갖 조화로서 나를 깊숙하게 끌어당기고 있었다. 오랜만에 만난 혈연이기 때문만은 아닐 것 같았다.

나는 어쩌면 사촌이나 숙부가 아니라 할지라도 그들과 비슷한 처지에 있는 다른 사람을 만난다 할지라도 비슷한 감동을 느끼게 될 듯했다. 그것은 민족이라는 낱말 하나를 일상적 사유의 어려운 대상으로 삼아, 자기 실체 확인을 위해 줄기차게 갈등하는 과정에서 특별하게 벼려진 감각이, 굳이 혈연이 아니라 할지라도 다만 민족, 그 자체에만 부딪쳐도 터진 봇물처럼 흘러넘칠 수밖에 없는 순직한 진솔함 앞에서, 어느 누군들 감동을 느끼지 않을 수 있으랴 싶었다. 그들은 어쩌면 민족의 구체적 대상을 만나게 되는 시간이면, 그들이 지난날에 빠져 허덕거려야 했던 자기모순의 수렁을 더욱더 뼈 시리게 되새기며 아파해야 할는지도 모를 일이었다. 이제는 사촌을, 사촌의 갈등과 고민을 이해할 수 있을 듯했다. 나는 사촌의 조그맣고 보드라운 손을 꼭 쥔 채, 처음보다 훨씬 쉬운 마음으로 입을 열었다.

"나는 너를, 너의 갈등과 고민을 이해할 수 있을 것 같다. 더불어 너도 나를 이해해 주기를 바라고 싶다. 지금은 서로 낯설지만 다음에 만날 때 우리는 훨씬 더 정다운 형제로서 서로 반가워할 수 있게 되기를 바란다. 우리가 이제부터 해야 할 일은, 잃어버린 날들을 어떻게든 되찾는 노력이다. 어떻게든 되찾아야 하고 되찾을 수 있다. 나는 지금까지 민족이라는 말을 한 번도 써먹은 적이 없다. 그건 정말 공기라는 말을 써먹어 본 적이 없는 것이나 마찬가지일 것 같다. 나는 네 이야기를 듣고 나서야 비로소, 아 이 세상에는 민족이라는 말도 있구나 싶었을 정도다. 그리고 나는 생각했다. 민족이라는 것을 아무리 부정하려 하여도, 또 몸이야 미국에 있든 일본에 있든, 결국은 민족이라는 건 잊어버릴 수 없는 것이구나 하는 생각이 든다. 그렇다면 네가 찾아내야 하는 답은 분명해지는 것 같다. 남은 것은 문제로부터 답에 이르기까지 거쳐야 하는 몇 개의 계단을 차근차근 밟아 가는 지혜라고 믿는다. 그렇게 한다 해도 네가 이야기한 많은 문제들은 해결되지 않은 채 우리 앞을 가로막고 있을 수밖에 없게 되겠지만, 그것은 어쩌면 한낱 개인의 현세적 권능을 넘어서는 무엇이 될 것 같다. 왜냐하면 역사의 거센 격랑 앞에서 개인은 무력할 수밖에 없으니까. 그러니까 우리는 우선 손댈 수 있는 것부터 시작하기로 하자. 그 첫 번째는 네가 나에게, 내가 너에게 편안한 대상이 되도록 하는 것일 듯하다. 나는 너를 이렇게 만나니까 정말 무엇이라 표현할 수 없을 만큼 반갑다."

사촌의 표정이 조금 더 달아오르는 듯했고, 숙부는 그것보다 조금 더해서, 벅찬 감동을 느끼고 있는 빛이 그 얼굴에 역력했다. 숙부는 이윽고 손바닥으로 자기 무릎을 딱 소리가 나게 친 다음 그 무릎을 썩썩 문지르기를 되풀이하며 좋아, 정말 좋아라는 소리를 되풀이했다.

"좋아. 아, 참 좋아. 내가 왜 진작 이 생각을 못했으끄?"

숙부는 그 점이 자못 안타깝다는 표정을 지어 보이다가, 나와 사촌을 한 품에 안듯 당겨, 그 등을 손으로 쓰다듬으며, 먼저 사촌의 얼굴을 들여다보았다.

"좋제?"

숙부는 우리말로 묻다가 사촌이 알아듣지 못한 것은 알고 일본말로 되풀이했다. 사촌은 그제야 열없어 하는 입매로 웃으며 고개를 끄덕했다.

"그래, 좋고 마고지. 어예 안 좋을 수가 있겠는가."

숙부는 이번에는 나를 향해 얼굴을 돌렸다.

"우리 야 말이라, 어데 항국 처자한데 장개 좀 보내죠. 나는 어지 자네를 만내고 나서, 야를 미국에 보낼라고 하던 거르을 쫌 새로 생각해 보기로 했어. 이래 훌륭한 형이가 항국에 있는데 야만 왜 따로 타국에 보내 고적한 인생 살기 하꼬 하니, 이기 또 부모 지(죄)다 싶었어. 항국 사람은 어데까지나 항국 처자하고 혼인해서 항국에서 살아야 해. 안 그런가? 대답해 바."

숙부는 내 등에 얹은 손에 힘을 주었다. 내 몸은 이제 숙부의 품 안에 있었다. 나는 너무나도 진지한 숙부의 표정에 가슴이 서늘해지기까지 했지만, 평정한 표정으로 숙부 내외를 번갈아 보며 '염려 마십시오. 제가 훌륭한 며느리 구해 드리겠습니다' 하고 말한 다음 그만 껄껄껄 소리 내 웃어 버렸다. 숙부의 불콰한 얼굴의 굵은 주름 사이사이마다 잔잔한 웃음이 번져 나가고 있었다.

"아, 참 좋다. 내가 왜 진작 이 생각을 못했으꼬?"

숙부는 자못 안타깝다는 그 표정을 지우지 못한 채, 스르르 두 눈을 감으며 입을 조그맣게 오므렸다. 숙부의 쪼글쪼글한 입술은 그대로 잠시 머물러 있다가, 이윽고 열리며 흘러나오는 소리는, 아직 분명하지 않기는 했으나, 가만히 귀를 기울여 보니, 그것은 아리랑이었다. 그런데 숙부는 아리랑 아리랑 아라리요만 되풀이하고 있었다. 나는 숙부가 그다음 가사는 모르고 있는가 하여, 숙부의 취흥에 짐짓 동조하는 척하면서 큰 소리로 아리랑을 따라 부르기 시작했다. 나를 버리고 가시는 님은 십 리도 못 가서 발병이 난다……. 숙부는 눈을 뜨며 나를 향해 잇몸을 드러내 보였다.

"나도 그 머, 나를 버리고 가시는 님은 하는 거 알기는 알아. 그런데도 만날 아리랑 아리랑 아라리요만 해. 왜 그런고는 나도 잘 모르겠어. 그저 먼 일을 하다가 보만 나도 모르게 그 소리를 또 하고 있어. 나는 머 더 하라 카만, 두마안강 푸른 물에 하는 그 노래도 할 줄 알아. 그런데도 나는 만날 아리랑 아리랑 아라리요만 해. 나는 그 노래가 좋아."

숙부는 또 두 눈을 지긋이 감으며, 쪼글쪼글한 그 입술을 움직여 아리랑을 부르기 시작했다. 쉰 듯한 목소리, 목젖 언저리를 거쳐 나오다가 어디에 걸리기라도 한 듯이 꺽꺽거리곤 하는 그 소리가 아리랑 고유의 애상과 어울려 나의 심금을 건드렸다. 그러나 숙부의 취흥은 아리랑 가락에 실려 차츰 더 도도해지고 있었다.

춤사위처럼 나와 사촌의 등에 얹은 손을 움직이며 가벼운 어깻짓까지 곁들였다. 마치 아리랑 가락의 울림에 스스로 취해 가는 듯했다.

"좋습니다."

나는 입으로는 그렇게 말하고 있었지만, 마음속으로는 까닭을 설명할 수 없는 비애를 느끼고 있었다. 이런 느낌은 사실은 한참 전부터였다. 나는 코끝을 문지르는 체하며 훌쩍 콧물을 들이마셨다. 그리고는 숙부의 취흥에 호응하듯 더욱 큰 소리로 숙부의 그 노래를 따라 부르기 시작했다. 숙모가 나와 눈길이 마주치자 활짝 얼굴을 펴며 웃어 보였지만, 나는 그만 보아 버렸다. 숙모의 눈에는 눈물이 그렁그렁 고여 있었다. 마음을 터뜨려 버리지 않으려 애쓰고 있는 사람은 나 하나만은 아니었다. 사촌은 조심스러워하면서도 차츰 더 편안한 표정이 되어 숙부가 흔드는 대로 몸을 움직여 주고 있었다. 내가 턱짓으로 사촌에게 함께 부르자 하니까, 사촌은 씽긋 웃어 보인 다음, 입술을 조그맣게 벌려 다만 멜로디만을 따라 부르기 시작했다. 그 모습을 본 숙부의 쉰 듯한 그 목소리는 더 높아졌고, 마침내는 숙모마저 입술을 오무락거리기 시작하는 바람에, 우리는 모두 함께 어울려 그 노래를 한 번 더 부르게 되었다. 나는 이전에 그토록 가슴이 저리도록 슬프면서도 아름다운 느낌으로 아리랑을 불러 본 적은 없었다. 물론 그런 기분에 젖어 본 적도 없었다. 나는 아리랑마저 공기와 같은 것일는지도 모른다는 생각을 해 보며, 미묘한 감정의 기류가 가슴을 타고 흐르는 소리를 듣고 있었다.

나는 숙부네 가족을 한 품에 껴안고, 우리 가락에 맞춰 지치도록 한판 춤이라도 추며, 끈적끈적한 땀으로 온몸을 적셔 보고 싶었다. 그러다가 마침내 참을 수 없는 지경이 되면, 마음을 터뜨려 함께 노래를 부르던 그 목청을 모아 엉엉 소리 내 울어 버리고 싶었다. 그래서 어둠의 빛깔로 채색되어 있는 지난날을 그 눈물로 씻어 내 버리고, 이윽고 떠오르는 새날의 밝은 태양을 뜨거운 마음으로 맞이하고 싶었다. 나의 몸은 차츰 더 뜨거워지고 있었다. 그러나 바로 그다음 찰나에 나의 뇌리를 들입다 치는 게 있었다. 앞날은 아직도 막막하다는, 아득히 높다란 장벽을 마주하고 선 듯한 절망감이었다. 숙부의 쉰 듯 거친 목소리를 타고 아리랑 아리랑 아라리요는 끝도 없이 이어져 나가고 있었다.

『동서문학』, 1986년 9월호.

잡초 우거지듯

> 집들은 모조리 부서지고 시체는 잡초 우거지듯했다. 삼천 궁녀들이 낙화암에서 몸을 던져 죽었고, 많은 여염집 여자들이 당군에게 능욕당해, 더러는 죽었고 더러는 저들의 씨를 배기도 했다. 또 수많은 여자들이 저들의 포로로 끌려갔다.
>
> ―『동국여지승람』

그 자리에서 김춘추는 이미 한 나라의 왕이 아니었다.

당군(唐軍) 행군대총관(行軍大摠管)인 소열(蘇烈)의 휘하에 있는 많은 총관급 장수들 가운데 하나에 지나지 않았다. 당 황제로부터 김춘추가 받은 벼슬은 우이도행군총관(嵎夷道行軍摠管)이었다.

당상 상좌에 버티고 앉은 예순여섯 살의 노장인 소열은 마치 천하를 손아귀에 거머쥐기라도 한 것처럼 득의만면한 낯빛이었고,

그 오른편에는 김춘추, 그리고 왼편에는 당군의 장수 유백영이 자리를 차지하고 있었으며, 유백영 다음으로는 동보양, 풍사귀, 방효공, 설인귀, 왕문도 등 당군의 여러 총관급 장수들과, 역시 당군의 부대총관이 되어 이 전쟁에 참가하고 있는 신라의 왕자 김인문이, 김춘추 다음으로는 태자 김법민을 비롯한 여러 왕자들과 김유신, 김품일, 김흠순 등 신라의 여러 장수들이 자리를 잡고 있었다. 그 사이사이에 끼어 앉아 있는 것은 며칠 전까지만 해도 백제 왕을 모시던 궁녀들이었는데, 그들은 하나같이 시퍼렇게 겁을 집어먹고 있는 상태였다. 말하기를 삼천이나 된다고들 하는 궁녀들의 대부분은 사비도성이 나당 연합군의 손에 떨어지던 날, 적병의 손아귀에 잡혀 더럽힘을 당하기보다는 죽는 게 낫다 하여, 도성 북쪽에 있는 큰 바위에서 그 아래 흐르고 있는 백강 거센 물결에 몸을 던져 스스로 목숨을 끊어 버렸으나, 미처 그럴 겨를도 없었던 일부는 도망치지도 못한 채 적병에게 붙잡혀 있다가 이 자리에 끌려나와 있게 되었다.

당하에는 백제 왕 의자와 여러 왕자들, 그리고 좌평 등 백제의 대신들과 장수들이 꿇어앉아 있었다. 하나같이 한껏 초췌한 모습들이었다. 그 주변에는 수백 명의 당군들이 기치장검을 우뚝 세워 살기를 내뿜고 있었다. 당군들은 시간이 흘러갈수록 취흥이 더 도도해지고 있었으나, 신라 왕 이하 장수들은 어두운 표정으로 단지 술잔만 거푸 비워 대고 있기나 했다.

소열은 백제 왕과 왕자들을 당상으로 불러 올려 돌아가며 술잔에 술을 치게 했다. 백제의 궁녀들과 당하에 있는 신하들은 그 모습을 보며 비통한 눈물을 흘렸다. 그럴수록 당장들의 취흥은 더욱더 도도해져서, 어이하여 울기만 하고, 혀를 깨물어 피를 뿌리는 충절은 없느냐고 마음껏 비웃었다. 당장 하나는 백제 왕의 수염을 잡아 흔들며 지난날의 황음을 짐짓 나무라기도 했다.

김춘추의 표정은 조금 더 어두워졌다. 그 모습을 눈여겨본 소열은 연회의 초장부터 내내 그렇게 그다지 기뻐하지 않고 있는 김춘추의 기분을 흔쾌하게 해 주겠다면서, 수하 장수에게 명해 사내 둘을 끌어오도록 했다. 그들은 벌써 열여덟 해 전에 있었던 대야성 싸움에서 사사로운 감정으로 제 나라 신라를 배반하고 백제로 도망쳤던 금일(黚日)과 모척(毛尺)이었다. 소열은 몸을 일으켜 손수 그들의 죄를 헤아렸다.

"너희들은 본시 신라의 신하로서, 백제군이 대야성에 쳐들어왔을 때 서로 공모하여 백제 군사를 성안으로 들어오도록 하여 마침내는 신라군이 패할 수밖에 없도록 하였으니, 그 죄가 하나요, 성주 품석과 그의 아내 고다조를 위협하여 죽게 했으니 그 죄가 둘이오, 그런 다음 도망쳐서 백제에 붙어 길잡이가 되어 신라를 치는 데 앞장섰으니 그 죄가 셋이므로 백번 죽어 마땅하다."

이렇게 하나하나 손꼽아 보인 다음에, 소열은 모든 사람들이 바라보는 자리에서 그 두 사람의 사지를 아주 천천히 찢어 죽이도록 명했다. 곧 두 사내가 내지르는 처절한 비명과 그들의 몸에서 내뿜어지는 핏방울이 장내를 적셨다. 고다조는 김춘추의 딸이었으므로 품석은 사위였다. 그 딸과 그 사위가 그렇게 죽고 대야성마저 함락되었다는 소식을 들었을 때, 김춘추는 종일토록 기둥에 기대 눈동자도 깜박거리지 않고, 사람이 그 앞을 지나가도 알아보지 못하더니, 얼마 뒤 가까운 사람들에게 이렇게 말했다. 슬프다. 대장부로 태어나 어찌 백제를 멸하지 않으리. 이렇게 복수를 맹세한 것은 사실이었고, 그 뒤 처음에는 고구려로 청병하러 갔다가 오히려 연개소문에게 잡혀 곤욕만 잔뜩 치르고 돌아와서, 스무 해 가까이 되는 이때가지 뻔질나게 당을 찾아가서 청병하기를 거듭하며, 오매일념 복수의 칼날을 갈아 온 것 역시 사실이기는 하였지만, 그 시간에 어찌 금일이나 모척 따위가 그의 안중에 있을 수 있었으랴. 사지를 찢기고 있는 두 사내의 비명이 마치 자신의 것이기라도 한 것처럼 살을 에는 듯한 아픔을 느낄 뿐이었다.

소열은 이번에는 김춘추를 넌지시 가까이 불러, 백제 옛땅의 미래 경영 계획을 우스개처럼 늘어놓기 시작했다. 그는 이미 준비되어 있었던 것처럼, 우선 백제 옛땅을 다섯 조각으로 나눠 도독부를 설치하고, 당의 장수로 하여금 도독이 되어 다스리도록 하려 하는데, 김춘추의 뜻은 어떠냐고 슬그머니 묻기까지 했다. 이쪽의 속을 떠보는 듯한 투였다. 그동안 소열을 비롯한 당장들의 낌새가 다분히 수상쩍은 것이었기는 했지만, 짐짓 취흥을 빙자하는 듯한 소열의 그 말은 김춘추에게 충격적이었다. 돌이켜 보자면 김춘추가 소열에 대하여 구체적인 의혹을 품어 보기 시작한 것은 꼭 보름 전인 지난 칠월 열여드렛날이었다.

그날 백제 왕은 자기 나라의 운이 다했음을 알아차리고, 도망쳐 몸을 숨기고 있던 웅진성으로부터, 태자 효와 함께 군사들을 데리고 사비도성으로 돌아와 소열 앞에 무릎을 꿇고 항서를 바쳤다. 김춘추의 충격은 그때가 처음이었다. 백제 왕의 항복을 받은 것이 신라 왕인 자신이 아니라 당장인 소열이라는 현실이 얼핏 실감되지 않았다. 그러나 그쯤에서는 그런대로 그럴 수도 있으려니 하고 넘겨 버릴 수 있었다. 더구나 아직은 싸움이 다 끝나지도 않은 판이었다.

비록 왕이 항복하였다 할지라도, 670여 년의 역사를 간직하고 있는 백제는 그토록 호락호락하게 넘어가 버릴 나라가 아니었다. 한창 성했던 시절에는 왜는 물론 대륙의 요서 지방까지 진출한 적도 있었다. 비록 개인적인 용맹이 뛰어나고, 복수의 일념에 불타는 뜨거운 혼을 간직하고 있기는 하였지만 적어도 김춘추나 김유신 정도로는 감히 손대 볼 수도 없었으므로, 마냥 수세에 몰려, 고구려나 당으로 줄기차게 청병 애걸을 다닐 수밖에 없도록 할 만큼 겁나는 대상이었다.

근년 들어 왕의 황음과, 태자궁이나 망해정 따위를 짓기 위한 과도한 토목 공사로 말미암아 국력이 쇠약해진 틈을 탄 고구려와 신라에게 변경의 여러 성을 빼앗기기는 했지만, 백제는 아직도 5부 37군 2백여 성에 살고 있는 신민의 숫자는 76호에 6백 20만 명이나 되었다. 그리하여 왕의 항복 뒤에도 그 잔적들을 소탕하기 위해 조용할 날이 없었으므로 또 여러 날을 바삐 보내야 했다.

그러나 이 전쟁에서 승리를 확신한 소열은 김춘추로 하여금 당의 황제에게 사은사를 보내도록 했다. 그것은 그대로 명령이었다. 어쩔 수 없었다. 김춘추는 제감(弟監) 벼슬에 있는 천복(天福)을 당에 보내 사은숙배하도록 했다. 그것이 나흘 전인 칠월 스무아흐렛날의 일이었다. 대충 그때부터 소열은 드디어 신라를 돕기 위한 원군으로서가 아니라 정복자로서의 본색을 노골적으로 드러내기 시작했다. 그것은 아무리 상대가 대국 당이라 할지라도 그대로 넘겨 버려 두기는 어려운 일이었다. 그럼에도 불구하고 대세를 생각하여 꾹꾹 눌러 참아 오기를 거듭하여 왔던 것이었는데, 이제 전승을 축하하기 위한 이 거창한 연회석에서, 훨씬 더 노골적으로 빼앗은 땅을 어떻게 요리해 먹을 것인가를 들고 나왔으니, 신라에서 첫째가는 사나이라고 자처하는 김춘추로서는 충격을 느끼지 않을 수 없었다.

하도 놀라운 일이어서 김춘추가 미처 대답도 못하는 사이에 소열은, 그 정도를 가지고 뭘 그렇게 놀라느냐는 듯한 낯빛으로, 이번에는 장차 고구려도 무너뜨려, 거기에도 자기네 도독부를 설치하려 한다는 이야기까지 했다. 이제 다 늙은 자신의 마지막 소망은 바로 그것이라는 이야기가 덧붙여졌다. 그러면서 마치 그 당위성을 주장하기라도 하듯, 지난날에 있었던 한사군의 영토가 어디까지였던가, 넌지시 물었다. 잃어버렸던 저희들 땅을 도로 찾아가겠다는 뜻 같았다.

소열의 기고만장은 끝이 없는 듯했다. 그는 그쯤에서도 멈추지 않았다. 신라에도 도독부를 설치하여, 김춘추 당신 자신이 도독이 되면 어떻겠느냐고 나온 게 그거였다. 그러면 왜구들도 겁을 집어먹어 신라 땅을 건드리지 못할 것이니, 신라에는 태평성대가 찾아들 것이고, 당신은 위대한 치자로서 역사에 길이 남을 수 있지 않겠느냐 했다. 거기쯤에서 김춘추의 낯빛이 조금 더 굳어지자, 예순여섯, 전 생애를 전쟁터에서 보낸 사내답게 노회한 웃음을 무성한 수염 사이로 흩날리며, 술자리 기분을 북돋우기 위한 우스개로 그저 해 본 소리일 뿐이라면서 큰 소리로 웃어 젖혔다.

석용흘의 피맺힌 부르짖음이 문득 다시 떠오른 바로 그 순간, 김춘추는 가슴에 늘 품고 다니는 여섯 치짜리 보검을 생각했다. 그것은 도저히 참아 넘길 수 없는 수작이었다. 김춘추는 하도 크게 웃어 벌겋게 들여다보이는 소열의 목젖 부근에 비수를 냅다 꽂아 버리고 싶은 격한 충동을 느꼈다. 그러나 둘러보면, 그의 시야를 가득 메우고 있는 것은 기치창검이 시퍼런 당군들의 살기 띤 모습들뿐이었다. 왕자 김인문이 날카로운 눈빛으로 김춘추의 손길을 강렬하게 만류한 것은 거의 같은 순간이었다. 경거망동해서는 안 된다. 은인자중해야 한다. 김춘추는 자신에게 준열히 일렀다.

잠시 뒤에 김춘추는 피로를 핑계 삼아 먼저 자리에서 일어나, 장수들의 호위를 받으며 왕궁을 빠져나왔다. 어차피 그가 잠잘 수 있는 곳은 왕궁이 아니었다. 며칠 전까지만 해도 백제 왕이 뭇 궁녀들을 거느리고 호화롭게 살던 그곳, 그러나 이날 밤에는 침략자들의 전승 축하연이 질펀하게 벌어지는 그곳은 당연한 것처럼 소열의 차지가 되었고, 김춘추에게는 왕궁으로부터 밋밋한 길을 한동안이나 걸어 올라가야 하는 태자궁이 배당되었다.

왕궁에서 태자궁으로 휘어 돌아 오르는 송림 사이 넓은 길, 평화스러운 시절이었다면 순라군들의 발걸음 소리가 심야의 적막을 깨뜨리고나 있었을 그 길 주변에는 당군들의 술자리가 벌어지고 있어서, 가는 곳마다 당군들의 흥청거림과 그들에게 짓이겨지고 있는 백제 여자들의 비명 소리가 자지러질 듯했다. 당군들은 김춘추 일행이 누구인가를 알면서도 몹시 깔보는 듯한 야유를 술 취한 게걸거림에 섞어 날려 보내고 있었다. 김춘추는 당군들의 말을 알아들을 수 있다는 것을, 그 시간, 지극히 모멸스러워했다. 당 황실에 접근하기 위해서는 무엇보다도 먼저 당어를 익혀야 한다는 자장 율사의 충고를 받아들여, 오로지 당어에 익숙해지기 위해서만 골몰하던 지난 시절의 자기 모습이 되새겨졌다. 처절한 느낌이었다. 그 시간, 그를 압도하고 있는 그 모든 느낌들을 잠자코 참아내야 한다는 것은 지독한 고통이었으나, 김춘추도, 그를 호위하며 따르는 장수들도, 그 누구도 입을 열어 말하려 들지는 않았다. 입을 뗄 수가 없었다. 그들은 다만 잠자코 걷고 있기만 했다. 무거운 발걸음들이었다. 초저녁 서쪽 하늘에 낮게 떠올라 있던 초승달은 이미 사라져 버리고 난 뒤, 하늘에는 뭇별들만 무심히 반짝거리고 있었다.

이윽고 태자궁 앞에 이르자, 김춘추는 숙위군의 부장 한불과 몇몇 병사들만 남겨 두고 모두 각자의 숙소로 돌아가도록 명했다. 태자 김법민과 장군 김유신이 어기찬 어조로 태자궁 침전에 함께 들어가 뭐든 좀 의논해 보자 했으나, 김춘추는 듣지 않았다. 굳이 입을 열어 말하지 않는다 할지라도 그들이 이야기하려는 것은 넉넉히 헤아려 볼 수 있을 듯했다. 그는 우선은 혼자 있고 싶었다. 그는 불만 가득한 얼굴로 버티고 서 있는 그들을 남겨 둔 채, 한불에게 누구도 들이지 말라 엄명한 다음 태자궁 침전으로 들어갔다.

잠을 자리라. 태산처럼 깊이 가라앉아 잠을 자리라. 그리고 날이 밝은 다음에 맑은 머리로 다시 생각해 보리라. 어떤 경우에도 경거망동해서는 안 된다. 은인자중해야 한다. 그래야 한다.

김춘추는 홀로 뇌며, 손수 옷을 벗다가 품에서 보검이 드러나자, 용틀임 장식이 되어 있는 손잡이를 움켜쥐고 그 보검을 쑥 뽑아 들었다. 타오르고 있는 촛불 빛에 보검의 날카로운 날은 일곱 빛 무지개를 내뿜고 있는 것 같았다. 치떠 타는 듯한 눈빛으로 그것을 바라보던 김춘추는 두 눈을 스르르 감으며 긴 숨을 내쉬었다. 치솟아 오르는 대로 마구 터뜨려 버리기에는 거센 풍운에 감연히 맞서 왔던 지난 세월이 너무나도 아쉬웠다. 정말 그런 식으로 파국을 자초할 수는 없었다. 그래서는 안 될 일이었다.

김춘추는 이를 악물며 보검을 칼집에 도로 꽂아 정침 머리맡에 간직한 다음 옷을 마저 벗었다. 그리고 당식 침의를 몸에 걸치다가, 문득 마치 그것이 자신의 것이 아니기라도 한 듯한 낯설음을 느꼈다. 그것은 그로서는 자청하여 즐겨 입어 오던 옷이었다. 어언 10여 년. 그런데 이제 와서 새삼스레 낯선 느낌이 드는 것은 어인 까닭인가? 김춘추는 그따위 잡스런 사념들을 털어 내 버리기라도 할 양으로 방문을 활짝 열어, 멀리 내려다보이는 소부리 들판을 향해 눈길을 밀어냈다. 백강 물줄기가 널따란 들판을 알맞게 감싸며 휘돌아 흐르고, 다시 그 주변을 고만고만한 높이의 산들이 병풍처럼 둘러싸고 있어서, 그 생김새로는 그럭저럭 괜찮아 보였으나, 한 나라의 도읍이 되기에는 아무래도 너무 좁다 생각했던 소부리 들판에는 횃불과 모닥불이 가득했다. 오늘의 잔치를 위해 지난 며칠 동안 소부리 주변 백 리 안에 있는 모든 소와 돼지와 닭들은 알뜰하게 도륙되었고, 모든 술은 남김없이 징발되었다. 이제 그 고기와 그 술로 당군들이 밤새 취할 판이었다. 하늘에서 뭇별들이 제아무리 다투듯이 반짝거리고 있어 본대야, 그 별빛만으로는 백강의 물줄기를 알아볼 수 없었으나, 당군들이 백강 양쪽 언덕과 모래밭을 따라 횃불을 밝혀 놓았기 때문에, 그 횃불의 흐름을 따라가 보면 강줄기의 윤곽은 저절로 드러나게 되어 있었다. 당군들은 강 부근뿐만 아니라 가을에 접어들면서 누렇게 익어 가기 시작하는 결실을 돕기 위해 일부러 물을 빼놓았던 소부리 넓은 들판마저 짓밟아 야영터로 만들어 버렸으므로, 그 시간, 김춘추의 시야에 들어오는 것은 온통 횃불과 모닥불뿐이었다.

그 불빛과 그 함성은, 이 밤을 다 지새우고 나서야 비로소 사그라질는지, 어느덧 자정을 넘어섰는데도, 지친 빛도 없이 줄기차게 솟아오르고 있기만 했다. 하기야 저들의 도도한 취흥대로라면야 추야장 긴긴 밤을 여러 개 이어 놓은들 어느 누가 마다하랴 싶었다. 저들이 이 땅에서 이룩한 이번 승리는 저들의 입장에서 봐서는 한사군이 고구려에 쫓겨 간 이래 350여 년 만에 처음인 셈이었으므로 저들의 기고만장은 당연해 보였다. 비록 그것이 이 땅의 내부적 문제를 교묘하게 이용한 것이어서, 완전한 저들 자력으로 이루어진 것은 아니라 할지라도, 전쟁에서 중요한 것은 수단이 아니라 궁극의 승리를 쟁취하는 것인 바에야, 저들로서야 기고만장해하지 않을 이유가 없을 터였다. 김춘추는 그러한 광경을 향해 타는 듯한 눈길을 붙박고 있었다.

소부리는 서라벌에 견줘 절기가 빠르기라도 한 것인가. 울화와 분노를 달래기 위해 거푸 마셔 댔기에 술기운이 한껏 올라 있는데도 불구하고 으스스한 한기가 느껴졌다. 하기야 월력(月曆)으로

팔월 초사흘, 어느덧 가을에 접어들고 있어서 조금만 더 있으면 햇곡을 거둬들일 계절이니 이 새벽, 이 시각쯤에 한기가 느껴지는 것이야 자연의 당연한 순리이리라, 이쯤 생각해 보다가, 김춘추는 무겁게 고개를 내저었다. 그게 아닌 듯했다. 그렇다면 태자궁 주변 깊은 어둠 속에 숨어 있는 백제의 원통한 귀신들이 내뿜는 살기 때문인가. 그러나 그는 그마저도 고개를 내저어 털어 내 버렸다. 그따위 귀신 따위를 겁내고 있을 그의 담력이 아니었다.

……잠시 뒤에 그는 스스로 고개를 끄덕여, 빤한 까닭을 아주 잘 알고 있으면서도 괜히 이리저리 에두르고 있는 자신의 용렬함을 나무랐다. 그것은, 사실은 그런 것이었다. 김춘추, 그가 한기에 몸 떨기를 되풀이하며 타는 듯한 눈길을 그 들판에 붙박고 있는 까닭은, 다름 아닌 바로 그 함성과 그 불꽃과, 그리고 그사이에서 자지러질 듯이 울리는 백제 여자들의 비명이, 그의 혈관에서 들끓으며 소용돌이치고 있기 때문이었다. 그것은 더 험난할 수 없을 만큼 험난하기만 했던 그의 온 생애를 통틀어서도 경험해 보지 못했던 것으로서, 온전한 마음으로는 어떻게도 감내해 낼 수 없을 만큼 엄청났다. 그래서 그는 어떤 방법으로든 그것을 부정해 보려고 이리저리 에두르는 것이었다. 자신을 속이거나 자신을 감추기 위해서였다. 그래 봤자였다. 몸 떨림은 오히려 차츰 더 심해졌다. 김춘추는 참고 있던 숨을 길게 내쉬었다.

그는 문을 도로 닫아 버린 다음, 정침 두툼한 보료 위에 바르게 앉아 몸을 곧추 세우고 촛불을 응시했다. 촛불은 자신을 응시하는 눈길 따위는 아랑곳할 바 아니라는 것처럼 그저 무심히 제 몸을 태워 빛을 내고 있을 뿐이었다. 밀랍 빛 굵직한 초에 박힌 흰빛 심지에는 부드러운 주황빛 불꽃이, 방 안에는 바람기도 없는 듯하건만, 때로 가볍게 하늘거리다가 또 가물거리기도 하며, 그러다가는 또 그을음과 더불어 높직하게 솟아올랐다가 다시 가물거리며 제자리에 가라앉기도 했다. 촛불의 그런 모습은, 마치 생명 지닌 존재의 무심한 몸짓처럼 보였다. 그는 그 모습을 그렇게 응시하면서 참 이상스러워했다. 이 세상에 태어나 쉰일곱 해의 세월을 조용한 날 하루도 없이, 거센 풍운 그 한복판을 뚫고 치달리기에 옆 돌아볼 사이도 쉽지 않았던 일생에서, 이런 촛불 따위에 마음이 사로잡혔던 적은 한 번도 없었다.

그는 그러하기에는 언제나 너무 바빠야 했고, 그런 과정에서 그의 시야에 들어올 수 있었던 것은 언제나 큰 것들밖에 없었다. 불빛이라면 섬광이 있었을 뿐이고 소리라면 뇌성벽력이 있었을 뿐이다. 어이 촛불의 하늘거림 따위에 마음을 줄 만큼 한가로운 여유가 있을 수 있었으랴. 그런데 그는 사실은 자신의 생애 그 어느 때보다 더 절박한 그 시간에, 촛불의 무심한 하늘거림을 빨아들이기라도 할 듯한 눈빛으로 응시하며, 분노를 꺼야 한다, 그렇지 않으면 평생을 바쳐 온 큰일을 망쳐 버린다, 그렇게 되뇌기를 거듭하며 어떻게든 자신을 달래려 애쓰고 있기나 했다. 그러나 그 모든 것은 마음먹은 대로 되는 것은 아니어서, 그의 분노는 오히려 그 자신의 의지만으로는 어떻게도 걷잡아 볼 수 없을 정도로 치솟아 오르기만 했다.

그는 문득 자신의 몸이 한없이 작아져 버린 듯한 느낌에 사로잡혔다. 하루에 서 말 밥과 꿩 아홉 마리를 먹는다는 소문이 났을 만큼 우람찬 몸이 갑자기 형편없이 졸아든 것 같았다. 아무것도 해낼 수 없을 듯한 무력감마저 몰려온 것은 엎친 데 덮친 격이었다. 그가 느끼는 한기는 더 밭아졌다. 아, 이것은 또 무엇이란 말인가. 언제나 자신만만한 패기에 넘쳐, 머뭇거릴 것도 거리낄 것도 없던 일생이 아니었던가. 스스로 하려고 마음먹어 이룰 수 없었던 일이 어디 있었던가. 물론 어려움은 허다했으나 그는 결코 투지를 잃지 않았고, 그리고 결국은 해냈다. 골품이 실로 엄격하게 지배하고 있는 나라에서 성골 아닌 사람으로서는 처음으로 왕위에 오른 것부터 결코 쉬운 일이 아니었다. 그는 그 일도 해냈다. 그런데 이토록 절실한 무력감이라니! 아내가 곁에 있었다면. 그는 왕비 문희를 그리워했다. 활달한 성품의 아내가 옆에 있었다면 어떻게든 자신의 마음을 가라앉혀 줄 듯했다. 그리고 자신이 나아가야 할 바를 귀띔해 줄 것 같았다. 아내가 그리웠다. 아주 간절했다.

당이 그렇게 나올 수 있다는 조짐은 사실 벌써 출정 전부터였다. 그때 장군 석용흘은 목숨마저 내건 채 부르짖었다. 아예 피를 토해 내는 듯하던 그의 목소리는, 지난 며칠 동안 김춘추의 고막에 새삼스러운 울림으로 쟁쟁 울리고 있었다.

"저들이 전조 수나라 때부터 줄기차게 도모해 오는 바가 동쪽으로 나아오고자 하는 것이었습니다. 저들이 연거푸 고구려를 쳤던 것은 고구려만을 표적한 것이 아니오라, 이 땅에 들어오기 위한 관문이 고구려이기 때문이었습니다. 저들은 고구려부터 시작하여 저들이 저들의 옛땅이라고 주장하는 한사군의 옛터를 되찾으면서 이 땅을 아예 통째로 차지하려 했습니다. 그리하여 거듭된 실패에도 불구하고 저들은 고구려 침공을 포기하지 않았습니다. 그러나 그때마다 참혹한 패배를 당했고, 마침내는 왕조가 무너지기까지 했지만, 대륙의 새 주인으로 들어선 당도 그러한 야욕을 버리지 않았습니다. 그동안 저들은 큰 것으로만 헤아려서 여섯 차례나 고구려 침공군을 일으켰습니다. 그런 전쟁을 통해서 저들은 막대한 국력을 소모시키면서 황제의 눈동자 하나를 잃은 것밖에는 이룬 것이 아무것도 없었습니다. 저들은 바로 지난해 십일월에도 설인귀가 이끄는 대군이 고구려의 연개소문 군에게 또다시 처참하게 패해 물러설 수밖에 없었습니다. 그러자 올해 들어서, 그동안 우리 신라가 청병해 왔던 것을 핑계 삼아 지난해 설인귀 군의 패배로 말미암은 국력 소모가 채 수습되기도 전에 느닷없이 13만이나 되는 대군을 휘몰아 오겠다고 나섰습니다. 그 까닭이 무엇이겠습니까? 백제를 쳐 넘어뜨려서 우리 신라에 곱게 넘겨주고 저들은 도로 저들의 나라로 돌아가기 위함이겠습니까? 이 세상에 그토록 자비로운 목적을 지닌 출병이란 일찍이 없었습니다. 저들에게뿐만 아닙니다. 그런 경우란 있을 수가 없습니다. 이제 우리는 저들의 속셈을 헤아려 슬기롭게 대응하지 않으면 안 됩니다. 저들은 고구려를 앞에서는 아무리 쳐도 넘어가지 않으니까, 이제 백제부터 먼저 무너뜨린 다음, 지리에 밝은 신라군을 앞장세워 고구려를 뒤통수부터 쳐 올라가자는 것입니다. 그리하여 고구려마저 거꾸러뜨린 다음에는, 이 땅에 외톨로 남을 신라 하나 정도는 쉽사리 굴복시킬 수 있다고 헤아리고 있음이 분명합니다. 이것은 저들이 즐겨 쓰는 병법으로 이이제이(以夷制夷)의 계교입니다. 저들의 시각으로 보아서는 오랑캐 백제를 멸망시키도록 하고, 그런 다음에 또 하나의 오랑캐 고구려를 도모하자는 것입니다. 이번에 저들이 대왕께 보낸 벼슬도 매우 모욕적입니다. 그것이 매우 모욕적인 첫째 까닭은 우이도(嵎夷道)란 무엇입니까? 저들은 해가 떠오르는 곳이라 하지만 결국은 동쪽에 있는 오랑캐의 땅이라는 뜻입니다. 저들이 오랑캐 땅이라 함은 어찌 백제만을 뜻하겠습니까? 그것이 심히 모욕적인 두 번째 까닭은, 듣자 하오니, 고구려 침공에서 번번이 패장이 되었던 당의 장수 소열에게 주어진 벼슬은 행군대총관이라 하니, 대왕께 보낸 벼슬보다 더 높은 벼슬을 그에게 주어 이 전쟁을 총지휘하도록 함은, 독립된 나라의 왕으로서는 절대로 용납해서는 안 되는 모욕입니다. 어이하여 제 나라 군대의 지휘를 다른 나라 장수에게 맡겨 둘 수 있습니까? 저들의 속셈을 환하게 헤아리고 있으면서 어찌하여 무슨 까닭으로 그것을 받아들이려 하십니까? 이제라도 밝게 헤아려 저들의 간교함에 말려들지 않도록 해야 합니다. 그렇지 않으면 대왕께서는 천추만추의 한을 남기게 될 것이며, 이 나라 역사에서 두고두고 치욕을 당하게 되실 겁니다. 아직 늦지 않았으므로 오히려 백제와 손을 잡더라도 당군 13만이 이 땅에 발을 딛지 못하도록 하시기 바랍니다. 더불어 이 나라 강토와 이 나라 백성들의 성명을 길이 보전할 수 있도록 하시기 바랍니다. 그리하여 대왕의 높으신 이름이 이 민족 역사에서 길이 영광되게 빛나도록 하시기 바랍니다. 부디 밝게 살피소서."

석용흘은 백제의 충신 성충이 왕에게 충간을 바치다가 죽임을 당했다는 소식을 듣고, 그 자신의 죽음을 이미 각오하였기 때문에, 신라의 장수나 대신들 가운데 누구도 감히 간할 수 없는 충언을 감연히 토해 내었던 것이었으나, 김춘추는 다만 수염을 떨며, 만군을 서라벌 남산에 모아 놓고, 그의 목을 베어 장대에 매달아, 이번 출정에서 있을 수 있는 모든 비판에 대한 말막음을 삼아 버렸다. 바로 그 자리에서 김춘추는 당의 칙사로부터, 석용흘이 그토록 조목조목 부당함을 역설했던, 우이도행군총관이라는 벼슬을 절하고 받아들였다. 그리고 그다음 날, 김유신을 대장군으로 하여 5만의 신라 정병을 출진시켰다. 석용흘의 간절한 외침이 일말이나마 암운을 드리우지 않는 것은 아니었으나, 김춘추, 그로서는 그것은 이미 오래전에 내디딘 발걸음이었다.

그의 첫 발걸음이 내디뎌졌던 것은 사실은 거금 30여 년 전, 진평대왕 말년 무렵, 그의 아버지 김용춘에 의해서였다. 당시 김용춘은 진평대왕의 사위로서, 아들이 없는 왕의 뒤를 이어 왕의 자리에 나아가게 되리라는 은근한 기대를 품고 있었다. 그런 기대는 그만의 것은 아니어서, 더러는 다른 사람들도 다음 왕은 김용춘이 될 수밖에 없을 거라는 이야기들을 하기도 했다. 그때까지 이 나라 역사에서는 진흥대왕이 아직 나이 어린 7세에 즉위하여 왕태후가 섭정하였던 적을 빼놓는다면 여자가 왕이 되었던 적은 없었으므로, 비록 골품제의 엄격한 제약이 있기는 했지만, 성골에서 왕이 될 사람이 없을 경우 진골에서 왕의 자리를 물려받게 될 것이고, 그럴 경우에 왕의 사위가 되는 김용춘보다 더 유력한 사람은 없었던 것은 사실이었다. 그리하여 김용춘은 벌써부터 내성(內省)의 사신(私臣)이나 대장군으로서 장래를 도모하기에 용의주도하였다. 그러나 진평대왕은 또 하나의 강력한 사위인 백제 왕과의 갈등으로 말미암은 분란을 몹시 꺼려했다.

죽은 뒤에 무왕(武王)이라 불리게 된 당시의 백제 왕이라면 세상 사람들에게는 서동랑(薯童郎)으로 더 잘 알려져 있는 사람이었다. 그는 마음에 둔 여인인 선화 공주를 차지하기 위해 홑몸으로 적국인 신라에 들어와서, 마침내는 아름다운 공주를 품에 안고난 다음에야 자기 나라로 돌아가 왕의 자리에 오를 만큼 용기 있는, 사나이 가운데 사나이였다. 그런 사나이에게 어찌 야망이 없을 수 있겠는가. 그리하여 역사 있은 이래 고구려와 더불어 언제나 분쟁이 끊어지지 않았던 백제와의 관계에 대하여 고심하지 않을 수 없었던 진평대왕은 어느 쪽으로도 단안을 내리지 못하다가 결국은 영특한 따님 덕만 공주를 왕태녀로 삼아, 왕의 사후에 왕위를 물려받도록 했다. 그 대목에서 김용춘이 품었을 좌절이나 분노를 짐작해 보기는 어렵지 않았다.

김용춘은 한편으로는 경쟁자를 제거한다는 목적으로 백제를 상대로 한 전쟁을 계속하는 한편으로는 나라 안의 지지 세력 구축 노력도 게을리 하지 않았다. 마지막 안간힘이었다. 그럼에도 불구하고 김용춘의 야망이 달성될 것 같아 보이지는 않았다. 더구나 나이가 차츰 더 많아지고 있는 형편이었다. 그때 나라 안에는 내로라하는 영웅호걸들이 줄지어 있었다. 알천, 임장, 비담, 염종, 유신, 그리고 자장 율사의 아버지 호림에 이르기까지, 어느 하나도 김용춘에 견줘 뒤처지는 인물이 아니었다. 그들은 또 하나같이 선대왕의 고명을 받들고 있었다. 김용춘은 자신의 야망 달성을 미룰 수밖에 없었다.

그리하여 그는 자신의 대에서는 어찌해 볼 수 없다 할지라도, 자신의 아들 대에 가서라도 야망을 이룩하여 자신의 자손들이 대대로 왕통을 이어나갈 수 있도록 하기 위한 장기적인 포석을 해나가기 시작했다. 그는 우선 눈을 밖으로 돌렸다. 서로 비금비금

한 나라 안 세력 균형을 깨뜨려, 자신을 지지하는 세력을 확고하게 해 두기 위함이었다. 그 방법밖에 없다고 생각했다. 그는 친당적 승려인 자장 율사의 존재를 한껏 이용하여 더러는 자신을, 보다 근본적으로는 아들인 김춘추를 당 황실의 권력층과 견고한 유착 관계를 유지해 나갈 수 있도록 했다.

아버지 호림의 영향을 받아서 정치적 빛깔이 짙었던 자장 율사는 그런 역할을 즐겨 수행하였다. 그러나 김용춘은 자신의 야망 달성을 위한 확실한 조짐을 손에 쥐어 보지도 못한 채, 백제 무왕과의 전쟁에서 죽어 버렸으므로, 그에 의해 내디뎌졌던 발걸음은 마침내는 대물림하여 김춘추가 이어받게 되었다. 그때 서른 중반을 막 넘어섰던 김춘추는 아버지 김용춘보다 더욱 적극적이고 확실한 방법을 밟아 나가기 시작했다.

김춘추는 무엇보다도 대당 외교에 주력했다. 백제나 고구려에 견줘 힘이 형편없이 달리는 신라로서는 당에 의지하는 것밖에는 다른 길이 없다고 생각했다. 김용춘이 죽은 얼마 뒤, 김용춘의 적수였던 무왕마저 죽고, 새로 왕위에 오른 의자 초년에, 사위 품석과 딸 고다조가 대야성 싸움에서 죽은 뒤부터는, 그는 나라 안 정치나 대백제, 대고구려 관계는 처남 되는 김유신에게 맡겨 놓은 채, 대당 외교에만 필사적으로 매달려서, 공식, 비공식적으로 당에 자주 드나들었다. 그리하여 마침내는 막강한 힘을 간직하고 있는 당의 세력을 등에 업는 데 성공함으로써, 국내적으로 자신의 위광을 드높일 수 있었다.

김춘추가 믿는 것은 당밖에 없었다. 그러므로 어떻게든 당 황실에 잘 보이도록 애써야 했다. 그래서 그는 스스로 허리를 굽혀 당의 신하가 되어, 당의 문물을 신라에 끌어들이기에 앞장섰고, 당의 관제를 도입하여 채택하도록 했고, 신라의 연호를 버리고 당의 연호를 쓰도록 했으며, 그 자신과 다른 벼슬아치들은 물론 백성들마저 당나라 옷을 입도록 했다. 그래서 온 나라 안에는 당의 물결이 넘쳐, 당의 물건만을 따로 파는 저잣거리가 생기고, 덩달아 그런 시류에 편승한 약삭빠른 장사꾼들이 당의 물건들을 다투듯 사들여 와 폭리마저 취하게 되었다. 당과의 교류가 많아질 수밖에 없었고, 그러다 보니 당나라에 오갈 때 주로 사용하는 나루에 당진(唐津)이라는 이름이 붙게까지 되었다. 폐해 또한 만만치 않았다. 풍속이 차츰 더 부박해지고, 백성들은 다투어 사치와 호사를 일삼게 되어, 다른 나라에서 들어온 물건들만 진기하게 여겨 숭상하고, 제 나라의 토산물은 더럽고 낮은 것으로 싫어하게끔 되었다.

김춘추는 그쯤에서도 멈추지 않고 더 나아갔다. 김춘추는 당 황제 앞에 무릎을 꿇고, 신에게 아들이 일곱이 있사오니, 그 가운데 하나라도 성상을 곁에서 모실 수 있도록 허락하여 주소서, 하고 간청했다. 그때 당 황제는 크게 기뻐하여 말하기를, 영특하기 비할 데 없는 경의 아들을 내 곁에 두어 둠은 마음 든든한 일이기는 하지만, 부형된 마음으로 아들을 해륙만리 타국 땅에 떨어뜨려 놓으면 그립지 않겠는가, 하였다. 그러자 김춘추는, 성상 폐하는 중화에 계시어 천하 만백성의 어버이신데, 어이 소신의 사사로운 마음으로 저어하는 바가 있을 수 있겠습니까, 부디 거두어 주소서, 이렇게 즉답했다. 그 바람에 김춘추에 대한 당 황제의 신임은 더 확고해졌고 더불어 나라 안, 그의 위상은 더 높아졌다.

그렇다고 하여 나라 안에서 김춘추에 대한 저항 세력이 아주 사라진 것은 아니었다. 김춘추가 당에 유착하면 할수록, 민족자존을 부르짖는 저항 세력은 당연한 것처럼 오히려 더 늘어나기만 했다. 뜻있는 사람들은, 김춘추가 끌어들이는 당의 세력을 양호유환(養虎遺患)이라는 평범하고 당연한 진리를 예로 들어서, 김춘추와 그를 따르는 패들의 무모한 단견을 일깨워 주려 하였으나, 그럴수록 김춘추는 더욱더 당에 의지하여 나라 안 저항 세력을 억눌러 버리려 했다. 그로서는 그 길밖에 없었다.

사람들은 저마다 안타까워하며 나라의 앞날을 걱정하였으나, 혼인 관계로 굳게 맺어진 김유신이 가까이에서 엄호하고 있는 터였으므로 김춘추의 그런 기세는 어찌해 볼 수 없는 상태에서 차츰 더 거세어져 가기만 했다. 심지어는 왕까지도 언짢아하여, 모든 장수들과 대신들이 있는 자리에서 김춘추를 불러, 경은 당에서 특진이라는 벼슬까지 받았다니, 도대체 당의 신하요, 아니면 신라의 신하요 하고 나무라게까지 되었으나, 그것마저도 김춘추의 야망 앞에서는 아무런 힘도 써 볼 수 없었다.

김춘추, 그가 맹목이 된 지는 이미 오래였다. 이미 내디뎌진 발걸음은 앞으로 나아갈 수는 있을지언정 돌이킬 수는 없었다. 김춘추의 눈에 보이는 것은 오로지 왕의 자리와 후세 역사에서 영광된 이름으로 길이 남게 되기를 바라는 명예욕뿐이었다. 김춘추는 달리는 말에 더욱더 거세게 채찍질하기를 되풀이했다. 그것이 왕을 노심초사하게 하여 병들게 하였던 것인가, 확실치 않지만, 아직 젊은 나이에 죽음에 이르게 된 왕은 임종이 가까워지자 백성들로부터 가장 덕망이 높은 김알천(金閼川)을 불러 후사를 당부했다. 사람들은 그것을 순리라 생각했지만 김춘추와 그의 추종자들만 불복했다. 김알천은 고민했다. 풍운의 세월을 살아오기는 김춘추나 다를 바 없는 김알천도, 사나이로서 어찌 야망 없을 수 있었으랴. 더구나 고명까지 받았으며, 김춘추에 견줘 훨씬 더 많은 사람들의 지지를 받고 있었다. 그러나 김알천으로서는 김춘추와 맞서, 최악의 경우 동족상잔의 비극을 각오하면서까지 자신의 야망 달성을 꾀해 볼 수는 없었다. 김알천이 김춘추의 위협을 두려워했던 것은 아니었지만, 김춘추의 배반으로 말미암아 신라가 고통받는 미래만은 어떻게든 피해 가야 한다고 생각했다. 김알천은 마침내 결심한 다음, 각 부족 대표들을 모아 놓고 말했다. 이 사람은 나이 이미 늙고 이렇다 할 덕행을 쌓아 놓은 것도 없다. 반면에 지금 이 나라 안에서 덕망이 가장 높기로는 김춘추 공만 한 이가 없으니, 그는 실로 제세의 영웅이라 할 수 있다. 그러므로 김춘추 공을 왕으로 모셔서 신라 중흥의 역사를 도모하도록 하자. 김알천의 말이 하도 간절하여 아무도 거역할 수 없었다. 그렇게 하여서 김춘추는 그토록 바라던 왕의 자리에 나아가 앉을 수 있게 되었다.

그렇다고 하여 나라 안 저항 세력은 쉽사리 사그라지지 않았다. 뜻있는 이들은 힘을 모아 한결같이 화랑도 정신의 구현을 통한 민족 자강을 부르짖으며 어떻게든 김춘추의 대당경도(對唐傾倒)를 제어해 보려 했다. 그럴수록 김춘추는 마치 선덕 대왕을 거꾸러뜨리려 했던 비담과 염종의 반란 따위가 다시 터져서 겨우 차지한 왕위를 빼앗기게 되기라도 할까 봐 두려워하듯, 대당 적극 외교의 고삐를 늦추지 않는 한편으로는, 대백제, 대고구려 국경 분쟁을 계속 일으켜 극심한 위기 상황을 조성하였다. 그가 대의명분으로 줄기차게 내세웠던 것은 이 땅에 통일된 단일 국가를 세우는 것이었다. 그는 백성들에게 그러한 목적을 위하여 모든 희생을 바쳐 줄 것을 요구하였고, 또 그렇게 휘몰아갔다.

그러나 다른 사람은 몰라도 김춘추 자신만은 그것이 헛된 구호라는 것을 잘 알고 있었다. 그는 일찍이 당 황제와 무릎을 맞대고, 두 나라가 힘을 합하여 고구려와 백제를 무너뜨린 다음에, 평양을 경계로 하여 이 땅을 나눠 먹기로 약조를 맺은 바 있으며, 그로서는 당 황제가 그러한 약조에 응하기는 했지만, 고구려와 백제 정벌이 실제로 이루어질 경우, 서로 나눠 먹는 그 경계가 평양이 될는지, 그보다 훨씬 더 남쪽이 될는지, 그보다는 아예 신라 국경까지 위협받게 될는지 알 수 없는 상태였다. 그러나 왕위에만 연연해 있는 그에게는 어차피 어느 쪽이거나 마찬가지인 셈이었다. 그로서는 이판사판의 도박이었다. 이기면 왕의 자리가 보장되고, 후세 역사에 영광된 이름을 남길 수 있을 것이며, 만일 져서 왕의 자리에서 쫓겨나게까지 된다 할지라도, 풍운의 세월을 휘저으며 살아온 일생을 그런대로 보람스러워 하리라, 그는 그렇게 생각하고 있었다. 그러면서 거칠 것도, 머뭇거릴 것도 없이 줄기차게 치달려 오기만 했다. 그럴 수밖에 없었다. 이미 내디뎌져, 돌이키려야 돌이킬 수도 없는 발걸음이었기 때문이다.

그러나 이제 막상 소열이 취흥 도도한 얼굴을 치켜들고 우스개처럼 늘어놓는 이야기를 듣고 보니, 태산준령 하나가 성큼 다가와 앞을 가로막는 듯했다. 숨이 턱 막혔다. 그쯤에서 석용흘이 죽음에 임하여 마지막을 부르짖었던 그 말이 귓바퀴에서 쟁쟁 울리기 시작했다.

"대왕께서는 당대의 치세 업적을, 수나 당에 감연히 맞서 저항하여 승리를 획득함으로써 민족자존의 기개를 드높였던 광개토대왕이나 장수대왕, 또는 을지문덕이나 연개소문에 견준다면 어떻다고 생각하십니까? 또는 대왕께서 무릎을 꿇어 신하의 예를 바쳤던 당 황제 이세민의 눈동자에 화살 하나를 깊숙하게 박아 그로 하여금 말머리를 돌려 도망치며, 내가 천하의 황제로서 이따위

작은 오랑캐〔小夷〕에게 이렇게 당하다니! 이런 장탄식을 금하지 못하게 했던 안시성주 양만춘에 견준다면 또 어떻다고 생각하십니까? 또는 백제의 충절 성충에 견준다면 또 어떻다고 생각하십니까? 대왕께서는 지금 서둘러 뿌리고 있는 사대, 굴욕의 씨앗이, 이 나라 역사에 어떤 뿌리를 내리고, 어떤 열매를 맺고, 변하는 계절마다 어떤 꽃을 피우게 되리라 생각이나 해 보셨습니까? 한번 이루어진 역사라는 것은 지울 수도, 돌이킬 수도 없는 것, 대왕께서는 부디 깊이 생각하시어, 대왕께서 영광으로 남기를 바라고 계시는 후세 역사에서, 세세연년 치욕의 이름이 되어 짓밟히는 일이 없도록 하소서. 신이 이제 이 천한 목숨을 던지며 마지막으로 아뢰는 말씀이오니, 신이 죽어 지하에서라도, 이 나라 강토가 다른 나라 군대의 더러운 발굽에 짓밟히지 않고, 이 나라 백성들이 평화와 복락을 고르게 누리며 살고 있는 것을 바라볼 수 있도록 하여 주소서. 꼭 그렇게 하여 주소서."

그렇게 부르짖는 석용흘은 금세 불덩어리라도 내뿜을 듯한 두 눈동자를 부릅뜬 채 김춘추를 바라보고 있었다. 그 눈동자에는 진실로 애달픈 충절이 가득 고여 있을 뿐, 이제 임박한 죽음에 대한 두려움 같은 것은 내비치지도 않았다. 그 순간에도 김춘추의 마음에 작은 것이나마 주저가 없었던 것은 아니었으나 그로서는 역시 이미 내디딘 발걸음이었다. 그는 손수 보검을 뽑아 석용흘의 목을 내리쳐 버렸다. 목이 몸에서 떨어진 뒤에도 석용흘의 두 눈은 감겨지지 않은 채 김춘추를 향해 핏빛을 내뿜고 있었다. 두 달 남짓 저쪽의 일인데, 그는 석용흘의 그 모습을 바로 눈앞에 두고 있는 듯했다. 그는 또 몸을 떨었다.

……촛불은 한결같이 무심히 하늘거리고 있건만 그것을 응시하고 있는 김춘추의 망막에는, 그것이 더러는 화염이 되기도 하고, 더러는 폭풍이 되기도 하고, 더러는 파도가 되기도 하며, 그의 심금을 더러는 호비어 파기도 하고, 더러는 후려 때리기도 하고, 더러는 짓누르기도 하기를 되풀이하고 있었다. 무력감, 실로 막중했다. 바깥이 갑작스레 소란스러워졌다. 그것은 벌써 한참 전부터였을는지도 모른다. 김춘추는 문득 촛불로부터 눈길을 거둬들였다. 귀를 기울여 보는 사이에 바깥은 조금 더 소란스러워졌다.

누군가는 들어오려 하고, 누구도 들이지 말라는 엄명을 받은 한불은 그들을 제지하기에 애를 먹는 듯했다. 김춘추는 바깥의 소란에 김유신이 섞여 있다는 것을 알아차리고, 몸을 일으켜 문을 열었다. 그 순간의 그는, 촛불의 하늘거림 따위를 바라보며 끝도 없는 사념에나 사로잡혀 있던 무력한 모습이 아니라, 한 나라를 다스리는 왕으로서 모자람이 없는 위엄을 이미 갖추고 있었다. 바깥에는 김유신뿐만 아니라 김품일, 김다미, 김흠순과 함께 태자 김법민도 있었다. 모두 왕을 향해 몸을 숙였다. 한불이 송구스러워하는 몸짓으로 한 발 뒷전에 물러서 있었다.

"무슨 일들이오."

김춘추는 물었다.

그들 가운데 아무도 선뜻 나서서 대답하지 못했다.

그러나 김춘추는 불빛을 받고 있는 그들의 눈빛에서 그들이 토해 내고 싶어 하는 말들을 넉넉히 읽어 낼 수 있었다. 마냥 내치고만 있을 수 없을 것 같았다.

"들어오시오."

김춘추는 가장 가까운 신하들인 그들을 침전으로 들어오도록 했다.

그들은 침전으로 들어와 자리를 잡았다.

"이 밤을 이대로는 도저히 보낼 수 없었습니다. 그래서 이렇게 다시 왔습니다."

김유신이 먼저 시작했다.

"우리가 이렇게 당하고만 있어서는 아니 됩니다. 아무리 대국이라 하지만 저들이 저토록 오만방자할 수 없습니다. 아무리 작은 나라라고 할지라도, 한 나라의 왕으로서 이러한 수모를 겪고 가만히 계시어서는 안 됩니다. 이렇게 된 것은 모두 신하된 저희들의 죄이옵니다. 죽여 주소서."

절규였다.

김춘추보다 아홉 살이 위여서 올해 예순여섯인 김유신의 늙은 얼굴에는 비감해하는 빛이 역력했다. 신라 귀족인 김춘추와 가야

왕족인 김유신은 처음에는 처남과 매부로, 나중에는 사위와 장인으로 겹결혼 동맹을 맺어 서로의 정치적 약점을 보강하면서 실로 긴 세월을 서로 엄호하며 함께 달려온 사이였다.

그러나 김춘추는 잠자코 듣고 있기만 했다.

"더구나……."

김품일이 그 뒤를 이었다. 신라군이 계백의 5천 결사대와 황산벌에서 부딪쳐, 네 차례 크게 싸워서 모두 진 뒤, 병사들이 싸울 마음을 아예 잃어버렸을 때, 스스로 적진으로 달려가 싸워 마침내 비장한 죽음을 맞이함으로써, 신라군의 사기를 자극하여 신라군에게 승리의 계기를 만들어 준 소년 장수 관창은 바로 그의 아들이었다.

"들은즉, 당 황제가 대총관 소정방에게 밀지를 주어, 백제를 쳐 빼앗거든 기회를 보아 아예 내친김에 신라도 치라 했답니다. 당초 계획보다 많은 13만 대병이 몰려오게 된 이유를 이제는 알겠습니다. 이제 우리가 이대로 있어서는 안 됩니다. 우리 손으로 우리 강토를 저들에게 들어 바치는 꼴이 될 뿐입니다. 대왕께서는 이 점을 밝히 살피소서."

"그렇습니다."

김흠순이 나섰다. 그의 아들 반굴도 관창에 앞서 적진에 스스로 뛰어들어 산화했다.

"아까 궁성 술자리에서 대총관이 우스개처럼 하던 말은 모두

진심입니다. 듣자 하니 저들은 벌써 오래전부터 통변까지 훈련하여 이미 준비를 해 두었다가 이번에 데리고 왔다 합니다. 우리보다 우리말을 더 유창하게 하는 당군이 있어 수상쩍어 알아보는 과정에서 알게 되었습니다."

"떨쳐 일어나서 신라인의 기개를 보입시다."

김다미가 말했다.

"이대로 있기만 하여서는 모든 것을 잃고야 말 것입니다."

그는 석용흘이 옳았습니다, 이렇게 말하고 싶었으나 김춘추의 심기를 생각하여 꾹 참았다.

"그러나……."

김춘추가 마침내 입을 열었다. 무거운 어조였다.

"소대총관의 말은 우스개라 하면 그만이고, 당 황제의 밀지라는 것은 소문만일 뿐, 증거라고는 아무것도 없으니, 우리가 저들을 칠 합당한 근거가 없지 않소?"

"그건 염려하실 게 없습니다."

김다미가 다시 나섰다.

"우리 군사로 하여금 백제 병사의 옷을 입고 당 진영을 치도록 하면, 당 진영은 출전하며 우리 쪽에 구원을 청할 것입니다. 그러면 그때 저들의 불의함을 틈타서 습격하면 당군을 쳐부수고 소열을 잡을 수 있습니다. 그렇게 해서 우리 힘만으로 백제 전토를 병탄하고 북으로는 고구려와 화하고, 서로는 당을 경계하며, 남으로는 왜를 어루만지며, 백성들을 독려하고 군사들을 양성하여 국방을 튼튼히 하면 우리나라는 반드시 태평성대를 누릴 수 있습니다."

장수들끼리 이미 있었던 의논을 김다미가 그렇게 발표하는 것 같았다.

김춘추는 우선 고개를 끄덕여 보였다.

"그러나……."

김춘추는 잠깐 머뭇거리다가 그다음을 이었다.

"이미 당의 은혜를 입어 누대의 적국 백제를 멸했는데, 이제 또 당을 친다면 하늘이 어찌 우리를 돕겠소? 하늘이 의를 중히 여기는 것은 여러분들도 잘 알고 있지 않소?"

김유신이 고개를 들었다. 늙은 그의 눈빛이 형형하게 빛나고 있었다. 김춘추는 그 누구보다도 더 믿고 있는 그의 그 눈동자를 바른 눈길로 바라보았다. 김유신이 이윽고 입을 열었다

"개가 주인을 두려워하지만 주인이 그 다리를 밟으면 개는 몸을 돌려 그 주인을 물게 됩니다. 저들이 이제 우리의 머리를 밟으려 하는 이 어려운 경우를 당하여 어이 의나 은만 생각하며, 스스로 구원할 방책을 강구하지 않을 수 있겠습니까? 마땅히 이 강토와 이 백성을 구원할 수 있는 적절한 조치를 취하여야만 합니다. 대왕께서는 허락하소서."

김유신의 충언은 그 무게가 천근 같았다.

이제 모두 잠자코 김춘추만 바라보고 있었다.

김춘추는 아무 말도 없이, 다만 그들의 눈길을 맞받아 바라보고 있기만 했다. 당장 대꾸할 말이 떠올라 주지 않았다. 한동안이나 지난 다음, 김춘추는 그들의 그 눈길을 슬며시 피하여 촛불 쪽으로 눈길을 돌렸다. 촛불은 내내 그렇게 무심히 하늘거리고 있기만 했다. 바라보는 사이에, 촛불은 자색 부드러운 그을음을 뿜어 올리며 솟아오르다가 조용히 잦아들었다. 김춘추는 그 불꽃에 눈길을 붙박은 채 말하기 시작했다. 깊이 잠긴 목소리였다.

"나에게 가장 가까이 있는 경들이기에 솔직히 이야기하겠소. 지금에 이르러 비로소 저들을 이 땅에 끌어들인 것을 후회하고 있소."

그는 담담한 어조로 자신의 심중을 그렇게 드러내 놓았다.

"그러나……."

그는 천천히, 그러면서도 완강한 입매로 고개를 내저었다.

"저들의 13만 대군은 큰 손상 없이 비교적 순탄하게 여기까지 달려와서 그 대부분이 여기 있소. 반면에 우리는 서라벌을 떠날 때 장졸 모두 더하여 5만이었으나, 백제의 최정예인 계백의 결사대를 만나 사투를 벌이는 등, 큰 전투 몇 차례에서 절반 가까운 병력이 이미 꺾여 버렸소. 우리 신라 병사들에게 일당백의 기개 있음을 내가 모르는 바는 아니나, 중과부적의 사단을 버르집는 것은 어리석은 일일 것이며, 나는 그리할 만큼 무모하지 않소. 오늘 궁성 연회에서 내가 일생을 다하여 갚아도 다 갚을 수 없을 수모를 당하였소만, 그래도 우리는 헤아릴 셈은 헤아리고, 밟아 올라가야만 할 계단은 밟아 올라가야 한다고, 나는 믿고 있소. 더구나 우리에게는 이 땅에 통일된 나라를 어떻게든 이룩해 내야만 한다는 절대의 목표가 아직도 이루어지지 않았소. 그러므로 치솟는 당장의 분노를 억누르고 차후 기회를 잡아 서서히 일을 도모하도록 합시다."

김유신을 비롯한 여러 장수들은 김춘추의 뜻에 복종할 수 없다는 분명한 눈빛으로 잠자코 앉아 있기만 했다. 격한 성품의 김품일이 금세 뛰어오르기라도 할 듯, 거친 숨결을 몰아 내쉬고 있었다. 울분에 찬 낯빛으로 앉아 있기만 하던 태자 김법민이 마침내 고개를 들었다. 나이 서른다섯, 헌칠한 장골이었다. 김춘추도 태자의 소리를 들어 보고 싶던 참이었다. 태자가 말하기 시작했다.

"멀리 가지 않더라도, 고구려의 연개소문이나 양만춘은 수적으로는 절대적인 열세였는데도 불구하고, 나라를 어떻게든 지켜 낸다는 투혼 하나만으로도 당의 대군을 물리쳤던 실례가 있다는 것을 우리는 알고 있습니다. 불과 5천의 병사가 지키던 안시성 따위가 어찌 당 황제가 직접 지휘하는 백만 대병과 맞설 수 있었겠습니까? 그러나 양만춘과 그를 따르는 5천의 병사들은 기어코 해냈습니다. 우리 신라의 장졸들이 어이 그들만 못하다 할 수 있겠습니까? 이번 백제 정벌만 하더라도 백제의 주력은 우리 신라 병사들이 모두 쳐부쉈습니다. 당군은 실상 특별한 저항도 받지 않은 채 이곳에 이르렀습니다. 그런데도 불구하고 전공은 온통 저들의 것이 되었습니다. 당군들이 취하여 흥청거리는 이 밤에도 우리 신라 병사들은 성벽을 지키거나, 아니면 백제 잔적들을 소탕하기 위해 잠도 제대로 자지 못하고 있습니다. 허락만 내리신다면 어이 당군을 대적해 내지 못하겠습니까? 지금 신라의 장졸들은 끓어오르는 피를 주체해 내지 못하고 있습니다. 부디 통촉하소서."

김법민의 얼굴이 붉게 타오르고 있었다. 김춘추의 얼굴에 괴로운 빛이 비치기는 했으나 끝내 허락을 내리지는 않았다. 방 안에는 무거운 침묵만 흐르고 있을 뿐, 그리고 무심한 촛불이 부드럽게 하늘거리고 있을 뿐이었다. 바깥이 다시 소란해진 것은 그렇게 한동안이나 지난 다음이었다. 문 가까이 있던 김품일이 일어나 문을 열자, 장수 하나가 숙위군 병사를 밀어붙이며 뛰어 들어와 침전 밖 뜰에 무릎을 꿇었다. 보니, 김품일 휘하의 부장 박달사였다.

"무슨 일이냐?"

김품일이 밖으로 나가며 물었다.

"백제 병사들이 튀어 나왔습니다. 백제 여자들이 능욕당하고 있다는 소문을 듣고 백제 포로들이 마침내 사슬을 풀고 나와서 난동을 부리기 시작했습니다."

"무슨 말을 하는 거냐? 제아무리 장산들 손목을 얽어 놓은 쇠사슬을 어이 풀 수 있단 말이냐? 자세히 말해 보아라!"

김품일은 격한 목소리로 외치면서도 마음으로는, 사슬이 제아무리 질긴들, 제 계집이 다른 나라 사내들에게 능욕을 당하고 있는데, 그 사내들이 불타는 심사를 어이 견뎌 낼 수 있으랴 하는 탄식을 머금었다. 그런데 사실은 그게 아니었다. 백제 병사들의 사슬을 풀어 준 것은 사실은 그들을 지키던 신라 병사들이었다. 신라 병사들은 이 밤에 너나 할 것 없이 울분을 이겨 내지 못해 몸부림치는 판이었다.

지난 오월 스무엿샛날 석용흘의 목을 서라벌 남산 허공에 매달아 놓은 채 서라벌을 떠난 이래, 결사의 각오로 덤비는 백제 병사들과 힘에 겨운 싸움을 벌이면서 시산혈해를 헤쳐 온 것은 신라 병사들인데, 전승의 공로는 사실은 별다른 수고도 하지 않은 당군들에게 모두 돌아갔다. 이 밤에 좋은 음식과 술도 모두 당군 차지가 되었다. 신라 병사들은 오히려 저녁밥이 모자랄 지경이었다. 소부리의 모든 곳간은 텅텅 비어 있어서 당군들을 배불리 먹이기에도 넉넉하지 않았다. 그리하여 신라 병사들은 마치 남의 나라 전쟁을 떠맡아 목숨 내건 채 싸우고도 밥조차 제대로 얻어먹지 못한 꼴이 되었다. 그러나 그 정도였다면 또 그런대로 잠들 수 있었을는지도 모른다. 취한 당군들이 백제 여자들을 능욕해 대는 판에 신라 병사들은 포로로 잡은 백제 병사들을 지키고 있어야 했다. 또 한 패는 동잠 쪽에 백제 잔적들이 대거 출몰했다 하여 밤을 도와 출정해야만 했다. 그렇지 않아도 고향 생각이 간절한 초가을

싸늘한 밤이었다. 백제 포로들을 지키던 신라 병사 하나가, 사방에서 들려오는 백제 여자들의 자지러질 듯한 비명과, 또 다른 쪽에서 뒤섞여 들려오는 백제 사내들의 신음 소리에 멀겋게 귀를 기울이고 있다가 문득 중얼거렸다.

"저건 백제 계집들의 비명이고 백제 사내들의 신음이지만, 내 귀에는 저것들이 남의 일처럼 여겨지지 않네. 이제 우리 계집들도 저리 되지 말라는 법이 어디 있으며, 우리가 저 백제 사내들처럼 사슬에 묶여 신음 소리나 내고 있지 말라는 법이 어디 있겠소?"

옆의 병사가 물었다.

"그게 무슨 말이오?"

"아, 생각해 보라구. 일은 이미 벌어진 거요. 재주는 곰이 넘고 돈은 되놈이 먹는단 말이 괜한 헛말이 아니오. 아까 대왕께서 화가 나셔서 연회석에서 뛰쳐나가셨단 소문 듣지도 못했소? 무어는 되놈들 같다고, 그 욕심 많기 한량없는 놈들이 까닭 없이 남의 나라를 도와주러 왔겠소?"

"고구려에 가서 직사하게 얻어터진 것, 이제 백제에 와서 봉창하자는 수작이지 뭐."

다른 병사가 거들었다.

"그다음에는 아닌 게 아니라 우리 신라가 아니겠나?"

또 다른 병사가 끼어들었다.

이러한 이야기들이 신라 병사들의 울적한 심사를 건드리며 삽 시간에 번져 나갔다. 그러다가 마침내는 그들의 타는 불같은 혈기를 충동질하여, 까짓 당군들과 한판 붙어 버리자는 데까지 나아가게 되었다. 그러한 기운은 지난 칠월 열하룻날, 신라군이 약조를 어겼다는 것을 꼬투리 잡아서, 소열이 신라의 독군 벼슬에 있는 김문영을 목 베려 할 때 일단 한 차례 무르익었던 것이었다. 그때 김유신은 큰 도끼를 들고 일어나서 '소대총관이 황산에서의 어려운 전투는 보지도 못하고, 단지 서로 만나기로 약조한 날짜를 지키지 못한 것만 죄로 삼으려 하니, 나는 잘못 없는 내 부하를 죽게 할 수 없다. 반드시 당군과 먼저 승부를 결한 뒤에 백제를 멸하도록 하겠다'며 외치고 나섰고, 그러자 소열은 슬그머니 김문영을 풀어 주어 별 탈 없이 그 장면을 넘어가기는 했지만, 그때부터 신라 병사들의 눈에 당군들은 더욱더 눈에 거슬려 보일 수밖에 없었다.

다른 무엇보다도 저들이 사사건건 대국 티를 내는 것이 눈엣가시 같았다. 저들은 말끝마다 오랑캐를 붙여서 이쪽을 무작정 깔보려 들었고, 대단한 자비를 베풀어서 이 땅에 오기라도 한 것처럼 허세를 부려 대곤 했다. 그럼에도 불구하고 저들을 향해 눈 한 번이라도 바로 떠서는 안 되도록, 신라의 장수들이 병사들을 닦달질하고 있었으므로, 병사들의 울분은 이미 터지기 직전에서 들끓어 대고 있는 판이었다. 그러던 중에 이날 밤 상황을 맞닥뜨리게 되었다.

병사들은 정말 끝장이야 어떻게 되든, 우선 한판 붙어 버리고 싶었지만, 이런 기미를 눈치 챈 장수들이 가까이 지켜 서서 꼼짝도 못하게 하고 있었으므로, 일어서지도 못하고, 그렇다고 주저앉지도 못한 채, 엉거주춤한 자세에서 속앓이만 하고 있었다. 그런 판에 누군가가 또 외쳤다.

"우리 그럴 것 없이 백제 사내들로 하여금 제 계집들 구하도록 해 주자구. 같은 사내로서, 또 그래 봐야 신라나 백제나 같은 말을 쓰는 같은 핏줄인데, 제 계집 되놈들에게 줄치기 당하는 비명 소리 듣고 몸부림치며 신음하는 저 생때같은 사내들을 그냥 바라보고만 있을 수는 없지 않은가?"

이 말은 금세 공감을 일으켰다. 그리하여 장수들이 알아차리기 시작했을 때는 이미 상당히 많은 백제 병사들이 성안과 소부리 들판으로 선불 맞은 들짐승처럼 달려 나간 다음이었다. 그 바람에 한바탕 소동이 벌어졌다. 그래 봤자 승부는 뻔했다. 당군들은 술자리 여흥으로 칼춤을 추기라도 하듯이, 변변한 무기도 없이 맨주먹이나 기껏 해야 농기구 따위나 들고 덤비는 백제 병사들을 도륙질해 놓고는, 그 피가 채 마르기도 전에 다시 입술을 번들거리며 백제 여자들은 짓이겨 대기 시작했다.

전쟁이 시작된 지 이미 오래여서, 사내들은 전선으로 나가거나 성의 수비에 징발되었고, 농사를 지으며 집을 지키고 있던 아녀자들의 대부분은 적이 들어오면 당할 화를 미리 헤아려, 몸을 피할 만한 사람들은 모두 적의 손길이 미치지 않을 만한 곳으로 피난가 있었다. 그래서 이날 밤에 당군들에게 끌려나올 수밖에 없었던 여자들은 늙은이이거나 아니면 아직 여자라 할 수도 없을 어린아이들이 대부분이었다. 더러는 전선에 나간 사내들이 행여 집에 돌아와 주기라도 할까 하는 미련을 떨쳐 버리지 못하고 집에 머물러 있다가 끌려 나온 여자들도 있었다. 그 어느 쪽이었건, 당군들은 이 밤에 좋은 음식이나 마찬가지로 여자들을 필요로 했다. 그것은 다른 전리품과 마찬가지로 저들의 당연한 요구였다. 그러나 그래봐야 이러한 판국에 소부리나 그 주변 고을에 남아 있던 여자들이 얼마나 될 수 있었을까? 그에 견준다면 당군은 옹글게 13만이었다. 이 밤에 백제 여자 한 사람이 감당해 내야 했던 당군의 숫자는 열이었을까, 백이었을까. 그 싸늘한 밤, 그 하늘에도 뭇별들을 소리 없이 깜박이고 있었다.

"으음!"

김춘추는 신음했다.

박달사의 매우 급한 설명을 들은 다음, 김춘추는 뭇별들이 그렇게 깜박이는 그 하늘을 치켜보았다. 신음밖에는 아무런 말도 할 수 없었다. 자신도 모르게 부르쥐어진 주먹이 떨리고 있었으나 그 주먹을 내질러 볼 수조차 없었다. 눈길을 그 하늘로부터 소부리 들판 쪽으로 돌리자, 거기에는 아직도 불꽃과 함성이 와와 피어오르고 있었다. 김춘추의 끓는 속을 아예 터뜨려 버리고야 말겠다는 것 같았다. 김춘추 휘하의 장수들도 말을 잊은 채, 고개를 떨어뜨리고 있기만 했다. 김춘추는 문득 김유신의 얼굴 쪽으로 눈길을 돌렸다. 김유신의 그 모습은 서라벌 산야에 쌔고 쌘 어느 석불의 그것처럼, 어이 보면 고단한 듯하고, 어이 보면 체관한 듯하고, 어이 보면 슬픔을 겨워하는 듯도 한 그런 얼굴이었다. 그와 더불어 치달려 온 그 많은 세월들이 한꺼번에 와르륵 무너져 내리는 듯했다.

김춘추는 갑작스런 어지럼증을 느꼈다. 뭔가, 그것이 무엇이든, 단안을 내려야 한다 생각하고 다시 방으로 들어가기 위해 몸을 돌리려는데, 내내 그렇게 하늘거리고 있는 촛불이 갑자기 거센 화염이 되어 쇄도해 왔다. 이어 김춘추는 세찬 파도 소리를 들었다. 바로 그다음 순간, 김춘추는 별안간 벽력같은 함성 한 번을 지르고 넘어지며, 피를 한 말이나 토해 내고는 그대로 혼절해 버렸다.

아직 만년이라도 풍운의 세월을 치달려, 자기 한 몸의 영광을 위해 끝도 없는 그 야망을 마음껏 불태울 듯하던 김춘추는, 그 새벽으로부터 하루 반나절이 지난 다음 겨우 깨어나기는 했으나, 그때 그는 이미 이전의 그가 아니었다. 그는 당군들을 몰아내라는, 어떻게든 몰아내야 한다는 헛소리를 되풀이하고 있기나 했다. 그러다가 가까스로 제정신이 돌아왔을 때, 그는 석용흘의 죽음을 깊이 애도하여 눈물을 흘리며, 그 유족들에게 후한 은사를 내리도록 태자에게 명령했다. 그런 다음 그는 또 혼절했다. 그런 경황 중에도 당군은, 소열이 술자리에서 우스개처럼 늘어놓았던 그대로, 백제 옛땅에 저들의 도독부를 서둘러 세울 준비를 착착 진행시키면서 승자로서의 전리품 관리에 들어갔지만, 신라군으로서는 아무런 방책도 없이 두 손을 묶은 채 바라보기만 하다가, 마침내는 아직도 혼절 상태에 있는 김춘추를 수레에 싣고 패잔병과 같은 모습으로 서라벌에 돌아올 수밖에 없었다.

그 뒤에 김춘추는 조금쯤 차도가 있어 때로 정사를 주관하기도 했지만, 다시 혼절 상태에 빠져들기를 되풀이하다가, 다음 해 유월에 대관사(大官寺)의 샘물이 변하여 피가 되고, 금마군에는 땅에 피가 흘러 그 너비가 다섯 걸음이나 되는 큰 내를 이루는 등, 불길한 전조가 잇달아 일어난 다음, 마침내는 다가온 운명의 손길을 뿌리치지 못한 채, 마지막 숨을 거두고야 말았다. 향년 쉰여덟, 시호를 무열(武烈)이라 하고, 영경사(永敬寺) 북쪽에 묻은 다음, 묘호를 지어 태종(太宗)이라 하였다. 당 황제는 김춘추의 부음을 듣고, 낙성문 밖에서 애도식을 갖은 다음 황궁으로 돌아오는 즉시, 고구려 정벌군을 일으키도록 명령했다. 그것은 백제 함락에 이어 곧 해치워 버리려 했던 것인데, 김춘추의 병 때문에 미뤄 왔던 것이었으므로 당 황제로서는 하루가 급한 판이었다. 당 황제로서는 고구려는 철천지원수나 마찬가지였다. 그래 봤자 손톱만 한 고구려에게 그토록 당해 왔다는 건 회상만으로도 죽을 맛이었다. 하루라도 더 서둘러야 했다.

김춘추가 그렇게 죽어 땅에 묻힌 그날, 백제의 옛 터전이었던 소부리 들판에는 잡초가 무성하였고, 그사이에 뒹굴고 있는 주인 없는 해골들은 지천이었다. 열기 머금은 바람이라도 건듯 불어오면, 무성한 잡초 사이에 무리 지어 피어 있는 들꽃들이 하늘하늘 한가롭게 흔들리며, 진한 향기를 바람에 실어 주었다. 어느 집에선가, 갓난아기의 울음소리가 또 울려 나왔으나, 그 무렵에 태어난 모든 아기들이 그랬던 것처럼 아무도 축복해 주려 들거나 하지 않았다. 오히려 역신의 저주라도 받게 될까 봐 몸을 사려야 할 판이었다. 그 아기를 낳은 해산어미는, 열 달 전, 당나라 돼지들의 더러운 피를 자기 몸에 받을 수밖에 없었던 저주받은 운명을 원망하며 몸부림치다가, 대들보에 목을 매달아 스스로 목숨을 끊어 버렸고, 제 어미의 몸뚱이가 대롱거리는 그 아래 맨 방바닥에서는 갓난 그 아이가 창자를 쥐어짜는 듯한 울음을 터뜨리며 제 어미의 젖꼭지를 찾아 그 작은 입술을 오무락거리고 있었다.

다시 새날이 밝아 오자, 새로운 역사가 열리기 시작하여, 당에서는 황제의 불같은 재촉을 받은 늙은 장수 소열이, 35도의 수륙군을 휘몰아 거느리고 고구려 정벌길에 오르면서, 당 황실에 머무르던 신라의 왕자 김인문을 신라 왕실에 보내, 신라도 즉시 군사를 일으켜 당을 돕도록 명했다. 신라 조정에서는 불복해야 한다는 여론이 들끓었다. 백제 정벌의 실패는 그만두고라도 신라로서는 국상을 치르는 중인데다, 지난 한 해 동안, 전쟁의 뒤치다꺼리로서 백제의 잔적들을 소탕하고 다니느라고 나라의 힘이 극도로 메말라 있는 판이었다. 그러나 김인문은, 비록 상중이고 나라의 형편이 그렇다고는 하지만, 당 황제의 칙명이 지엄하여 어길 수는 도저히 없노라고, 당 황실의 분위기를 침통한 목소리로 전하면서 출정이 불가피함을 힘주어 강조했다.

신라 조정에서 이렇게 머뭇거리던 중, 김인문을 보낸 것만으로는 미덥지 못했던지, 당 황실에서는 다시, 저들이 백제 옛땅에 설치한 다섯 도독부 가운데 하나인 웅진 도독부의 도독 왕문도를 신라 왕실에 보내 빠른 출병을 채근했다. 그것은 표현이야 어떤 것이었든, 분명한 위협이었다. 사태가 이쯤에까지 이르자 신라 왕실로서는 어찌해 볼 수 없는 지경이 되었다. 새로 왕이 된 김법민은 결국 김춘추 무덤의 잔디가 뿌리를 내리기도 전에 당 황제의 비위를 거스르지 않을 만한 규모의 군대를 일으키기 위해 가능한 국력을 그 바닥까지 닥닥 긁어내야 했다. 그러면서도 김법민은 김춘추가 임종의 순간까지 입에 달고 있던, 어떻게든 당군을 몰아내야 한다는 그 말을 되새기고 있었다.

마침내 칠월 열이렛날, 김법민은 그런대로 진용이 갖추어진 출정군의 진두에 서게 되었다. 이날은 공교롭게도 지난해 백제 왕 의자가 사비도성에서 당장 소열 앞에 무릎을 꿇고 항서를 바쳤던 그날로부터 꼭 한 해의 아귀를 맞추는 날이었다. 이날도 무덥디무더운 서라벌의 하늘은 한없이 맑기만 하여서, 그 하늘에서 작열하는 태양의 눈부신 햇살이 김법민의 마음을 더욱더 어둡고 무겁게 하였다. 상복만으로도 답답한데 그 위에 갑옷 입고 투구까지 썼으니, 그의 마음은 겹겹으로 더 답답할 수밖에 없었다. 그의 바로 곁에는 이번 출정에서 대장군으로 삼은 김유신이, 젊은 새 왕의 거동을 묵묵히 지켜보고 있었고, 그 주변 이쪽저쪽으로는 대당장군(大撞將軍) 인문 진주, 흠돌과, 귀당장군(貴撞將軍) 천존, 죽지, 천품 등 여러 장수들이 역시 묵묵히 왕명이 떨어지기만을 기다리고 있었다. 두루 신명날 수 없는 출정이었다.

이미 마음을 다잡아먹고 나선 길이기는 했지만, 김법민은 선뜻 말채찍을 내리쳐 앞장서 나아가지 못했다. 그로서는 어찌해 볼 수도 없는 힘이 그의 등을 무작정 밀어 대는 듯한 무력감, 실로 컸다. 그는 다시 하늘을 향해, 마치 그 하늘에서 빛나고 있는 태양이 몹시 원망스럽기라도 하다는 듯한 눈길을 보냈다. 거기에 김춘추의 초췌하기 이를 데 없는 마지막 모습이 비감하게 떠올라 왔다. 그건 너무나도 허망한 일이었다. 김법민은 그 하늘로부터 김유신의 얼굴을 향해 눈길을 돌렸다. 김유신은 마냥 머뭇거리는 젊은 왕의 마음을 넉넉히 헤아려 볼 수 있다는 듯, 다만 송구스러워하고 있을 뿐이었다. 그런 느낌은 김유신만은 아니어서, 출정을 앞두고 적어도 겉으로나마 사기충천하여야 할 신라군은 하릴없이 발끝에 차이는 돌멩이나 툭툭 건드리며 왕명이 떨어질 때나 기다리고 있었다. 왕은 드디어 채찍을 들어올려 말 궁둥이를 가볍게 때렸다. 북이 둥둥둥 울렸고, 김법민은 앞으로 나아가기 시작했다. 그건 말하자면 명색 왕의 권능으로서도 어찌해 볼 수 없는 것으로서, 그 할아버지와 그 아버지에 의해 이미 오래전에 내디뎌져서, 김법민으로서는 잠시 머뭇거릴 수는 있을지언정 어떻게도 돌이킬 수는 도저히 없는 운명적 발걸음이었다.

그 시간, 그 하늘에도 한 여름의 태양이 내내 그렇게 작열하고 있었고, 그 하늘과 그 땅 사이에는 천만 년의 세월을 품은 바람이 그저 무심히 불고 있었다.

『내가 그린 내 얼굴 하나』, 민음사, 1988.

• • •

유순하 연보

1943년 8월 30일 일본 교토 출생.

1968년(25세) 『사상계』 신인상에 희곡 「인간이라면 누구나」 입선.

1980년(37세) 『한국문학』 신인상에 소설 「허망의 피안」 당선.

1986년(43세) 『아동문예』 신인상에 동화 「시간 은행」 당선.

1988년(45세) 장편 『생성』(풀빛), 『하회 사람들』(고려원), 소설집 『내가 그린 내 얼굴 하나』(민음사) 출간.

1989년(46세) 장편 『낮달』(고려원), 소설집 『새 무덤 하나』(풀빛) 출간 장편 『생성』으로 제1회 이산문학상 수상.

1990년(47세) 장편 『배반』(열음사), 소설집 『벙어리 누에』(문학과지성사) 출간.

1991년(48세) 소설집 『우물 안 개구리』(현암사), 장편동화 『동수의 세 번째 비밀』(산하) 출간, 중편 『한 자유주의자의 실종』으로 제2회 김유정문학상 수상.

1992년(49세) 장편 『91학번』(민족과문학사), 『고독』(세계사), 소설집 『다섯 번째 화살』(세계사), 장편동화 『힘내라, 동서남북』(세계사) 출간.

1994년(51세) 장편 『산 너머 강』(고려원), 『여자는 슬프다』(민음사), 『희망의 혁명』(열린세상), 에세이 『한 몽상가의 女子論』(문예출판사) 출간.

1995년(52세) 장편 『아주 먼 길』(문학과지성사), 에세이 『삼성 신경영 대해부』(고려원), 『삼성, 신화는 없다』(고려원), 『한국 정치판의 시계는 지금 몇 시인가?』(문이당) 출간.

1996년(53세) 에세이 『삼성의 새로운 위기』(계몽사), 『참된 페미니즘을 위한 성찰』(문이당) 출간.

1998년(55세) 장편 『대통령』(실천문학사), 소설집 『무서운 세상』(강), 에세이 『한국문화에 대한 체험적 의문 99』(한울) 출간.

2007년(64세) 장편 『멍에』(문이당) 출간.

노란 나비의 빨간 눈

초판 1쇄 인쇄일 • 2007년 9월 5일
초판 1쇄 발행일 • 2007년 9월 10일
지은이 • 유순하
펴낸이 • 임성규
펴낸곳 • 문이당

등록 • 1988. 11. 5. 제 1-832호
주소 • 서울시 성북구 동소문동 4가 111번지
전화 • 928-8741~3(영) 927-4990~2(편)
팩스 • 925-5406

홈페이지 http://www.munidang.com
전자우편 webmaster@munidang.com

ISBN 978-89-7456-380-6 43810

값은 뒤표지에 표시되어 있습니다.

잘못된 책은 바꾸어 드립니다.
저자와의 협의로 인지는 생략합니다.